KLAUS ZEH
SOLAS

AF281373

Shane Cameron, der eigenwillige Inspektor der irischen Kriminalpolizei, der mit 56 Jahren wieder bei seiner Mutter wohnt, wird in den Norden der Insel gerufen.
Eine Mädchenleiche gibt der dortigen Behörde Rätsel auf.
Im Laufe der Ermittlungen wird er mit seiner Vergangenheit und den eigenen Dämonen konfrontiert. Und davon gibt es reichlich.
Immer tiefer gerät er in den unheilvollen Sog dieses Falles.
Er trifft eine folgenschwere Entscheidung, die sein Leben für immer verändern wird.

Klaus Zeh, Jahrgang 1965, ist Schriftsteller, Musiker und Liedermacher. Er lebt in Reutlingen. Klaus Zeh wird »der Meister der literarischen Skizze« genannt. Bezeichnend ist ebenso seine Themenvielfalt.
Seit 2015 setzt er sich künstlerisch und privat gegen Menschenhandel, Zwangsprostitution und sexuelle Gewalt an Kindern ein. Er ist Gründer der Initiative Kunst.GEGEN.Kinderhandel und Fördermitglied bei diversen Menschenrechtsorganisationen.

Schon zu Beginn seiner schriftstellerischen Tätigkeit hat sich der Autor gegen die Veröffentlichung im herkömmlichen Verlagswesen entschieden. Ihm ist es ein großes Anliegen, seine künstlerische Unabhängigkeit sowie die Rechte an seinen Werken zu behalten.

Auf Instagram und Facebook finden Sie Klaus Zeh unter: klauszeh.autor

Alle Werke des Autors sind auf der letzten Buchseite verzeichnet.

Klaus Zeh

Solas

Inselkrimi

Bibliographische Information der Deutschen Nationalbibliothek:
Die Deutsche Nationalbibliothek verzeichnet diese Publikation in der Deutschen Nationalbiblio-
graphie; detaillierte bibliographische Daten sind im Internet über
http://dnb.d-nb.de abrufbar.
Kein Teil des Werkes darf in irgendeiner Form (durch Fotokopie, Mikrofilm oder ein anderes Ver-
fahren) ohne schriftliche Genehmigung des Autors reproduziert werden oder unter Verwendung
elektronischer Systeme verarbeitet, vervielfältigt oder verbreitet werden.
© 2023 Klaus Zeh
Herstellung und Verlag: BoD – Books on Demand, Norderstedt
Layout und Umschlaggestaltung: Adeline
Alle Rechte vorbehalten
ISBN: 9783757800628

Es wäre besser für ihn, man würde ihn mit einem Mühlstein um den Hals ins Meer werfen, als dass er einen von diesen Kleinen zum Bösen verführt.

Lukas 17,2

Das, was vor Augen,
sieht aus wie längst vergangen
Im Nieselregen.

                              Buson

Den Verlorenen

Real Real Gone

Sein Telefon klingelte.

Schlaftrunken tastete er danach und warf dabei das Glas mit einem letzten Rest Connemara Single Malt Whiskey vom Nachttisch. Auch die Schatulle mit den Tabletten, die nun allesamt über den Teppich kullerten. Er hustete und fluchte.

Maureen, seine Mutter, schimpfte seit Jahr und Tag, dass er seine Blutdrucktabletten nicht mit Alkohol nehmen dürfe. Oder weshalb er nie ein Glas oder eine Tasse leer trank? Und weshalb er auch immer einen letzten Rest Essen auf dem Teller zurücklassen musste? Von ihr habe er das nicht, sie hätte ihn anders erzogen.

Er wusste eine Antwort, doch er gab sie ihr nicht.

Sie hätte es als Spinnerei abgetan. Ihn womöglich belächelt. Und er hasste es, belächelt zu werden. Sogar von seiner Mutter.

Dass er noch immer bei seiner Mutter wohnte, mit 56 Jahren, daran störten sich beide nicht.

Er sah es im Übrigen auch nicht so. Für ihn stellte sich die Situation anders dar. Er hatte sich im Laufe der Jahre die Betrachtungsweise angeeignet, dass seine Mutter bei *ihm* lebte, nicht andersherum. Obwohl es ihr Haus war und sie schon lange vor ihm darin gewohnt hatte. Zusammen mit ihrem Mann, seinem Vater.

Er, Cameron, lebte erst seit zehn Jahren wieder bei ihr.

Seit der Scheidung von seiner Frau. Er hatte sich daran gewöhnt zu glauben, er würde sie unterstützen. Immerhin war sie schon 84 Jahre alt. Was man ihr jedoch nicht ansah. Und auch nicht anmerkte.

Wenn er ehrlich war, musste er allerdings zugeben, dass sie *ihn* unterstützte. Und zwar in so ziemlich allem. Er gab es vor ihr jedoch niemals zu, und beruhigte sich damit, ihr durch seine Anwesenheit eine Art Aufgabe fürs Alter zu sein, die ihr half, jeden Tag aufs Neue aufzustehen und weiterzuleben.

Ob sie das überhaupt benötigte, wusste er nicht. Er hatte sie auch nie danach gefragt.

Es war zu viel gewesen für ihn, damals. Zuerst der Tod seines Jungen, dann die Scheidung.

Er hatte zu trinken angefangen und war sogar wegen Trunkenheit bei der Arbeit für ein halbes Jahr suspendiert worden.

Seine Mutter hatte ihn bei sich aufgenommen. Fürs Erste, wie sie damals betonte. Das war vor zehn Jahren. Mittlerweile waren sie ein gutes Team.

Was bedeutete, dass sie ihm die Wäsche machte, das Essen kochte, ihn täglich weckte, damit er rechtzeitig zum Dienst erschien, und ihn sogar bei manchen seiner Fälle beriet.

Meine Mrs. Marple, scherzte er oft, was sie sich natürlich gerne gefallen ließ.

Und was bedeutete er für sie?

Nun, er war ihr Sohn. Ihr Ein und Alles. Alles, was sie noch hatte.

Und er war Inspektor der irischen Polizei. Darauf konnte man als Mutter schon ein bisschen stolz sein, auch wenn man eigentlich aus England stammte.

Vor gut sechzig Jahren hatte sie seinen Vater, einen Iren, geheiratet und in Irland eine neue Heimat gefunden. Die ihr die „Eingeborenen", wie sie sie nannte, immer missgönnten. Aber sie hatte durchgehalten. Auch nach dem Tod ihres Mannes. Da erst recht!

Junge!, rief sie aus der Küche nach oben. Dein Telefon!
Wach endlich auf!
Ihre Stimme hatte noch immer die Kraft und die Rohheit ei-
nes englischen Bergwerkarbeiters.
So muss wohl ihr Vater geklungen haben, dachte er und
schmunzelte.
Ihre schwerfälligen Schritte waren auf der Treppe zu hö-
ren.

Manchmal ließ er es auch absichtlich lange läuten, seit er
einen jüngeren Kollegen gebeten hatte, ihm aus dem Internet den Song *Real Real Gone* als Klingelton herunterzula-
den.
Er liebte diesen Song. Schon ewig. Wie viele andere Morri-
son Songs. Eigentlich fast alle.
Seiner Meinung nach hatte dieser Mann noch nie ein
schlechtes Album aufgenommen. Nicht einmal, als er für
kurze Zeit der Scientology verfallen war. Wobei Cameron
jenes Ron L. Hubbard gewidmete Album allerdings für das
Schlechteste hielt.
Vor Jahren gab es einmal einen Zwischenfall in einem Pub
in Drumshanbo.
Ein junger Bursche hatte in angetrunkenem Zustand den
Sänger als altes Waschweib bezeichnet. Daraufhin hatte er
dem jungen Mann eine Linke verpasst.
Nur den unermüdlichen Bemühungen seiner Mutter hatte
er es zu verdanken gehabt, dass er wegen dieses Angriffes
nicht seine Marke hatte abgeben müssen.

Jetzt stand sie im Zimmer – seine fluchende Mutter: Verdammt Junge, wo um alles in der Welt befindet sich in diesem Saustall dein Telefon? Und wie es hier stinkt!
Sie riss die Fenster auf.
Jesus, Mum, nicht die Fenster, hustete er.
Entweder du stehst auf oder ich erzähl dem Superintendent, dass du noch immer säufst.

Das würdest du niemals tun, Mum, lachte er, noch immer hustend.

Na gut, dann eben dem Chief Superintendent.

Er vernahm den Schalk in ihrer Stimme.

Du bist großartig, Mum, sagte er mit belegter Stimme.

Du stinkst, Junge, entgegnete sie, steig unter die Dusche, bevor du zum Dienst gehst.

Zuerst einmal muss ich mein scheiß Telefon finden, schimpfte er.

Der Anrufer hatte aufgelegt, der Song riss ab.

Nicht auszuhalten, dieser Gestank!, polterte seine Mutter, wenn du halbwegs wieder zu einem menschlichen Wesen geworden bist, gibt es Frühstück.

Mum, du weißt doch, dass mich deine Mutter-Attacken nicht beeindrucken.

Ein leerer Frühstückstisch vielleicht schon, entgegnete sie.

Auch das nicht, murmelte er vor sich hin und suchte in dem Gerümpel auf dem Boden mit den Augen nach der Whiskey-Flasche.

Das hab ich gehört, mein Junge!, rief sie beim Verlassen seines Schlafzimmers im Treppenhaus über ihre Schulter.

Er nahm naserümpfend eine Geruchsprobe seiner Achselhöhlen.

Na gut, Mum, murmelte er vor sich hin, hast ja recht.

Er schlurfte in sein Badezimmer, zog sich Unterhose und Guinness-Shirt aus, stieg in die Duschkabine und duschte lange und heiß. Doch nicht *zu* lange und *zu* heiß – wegen seines Kreislaufes.

Er war stolz auf seine Dusche, hatte sich extra jemanden aus Dublin kommen lassen. Die Flaschner in Sligo waren seiner Meinung nach alles „Flaschen".

In ganz Sligo konnte man keine Dusche finden, deren Wasserstrahl kräftig genug war, seine Haut zu massieren.

Nirgendwo in diesem Kaff gab es einen Wasserstrahl, der die Kraft hatte, ihn wieder auf Vordermann zu bringen. Er wusste das, er war in seinem Leben oft genug umgezogen.

Vor dem Spiegel rubbelte er sich die langen graumelierten schwarzen Haare, frisierte sie streng zurück und machte ein schwarzes Haarband darum.

Beim Ankleiden fiel ihm an der widerspenstigen Hose auf, dass er offenbar wieder ein Pfund zugelegt haben musste, was er mit einem Achselzucken kommentierte.

Rasieren fiel wieder mal aus, er hatte keine Lust dazu.

Der Anruf fiel ihm ein.

In seinem Schlafzimmer dröhnte der Straßenlärm durch die offenen Fenster.

Hupen, Motorenlärm, ein paar grölende Rugby-Fans, die in diesem Moment am Haus vorübergingen, übertönt nur von einem vorbeifahrenden Bus.

Seine Eltern hatten damals, in den Sechzigern des letzten Jahrhunderts, für eine Handvoll irische Pfund dieses Haus in Gallows Hill ergattert.

Sein Vater hatte es hellblau gestrichen und bis zu seinem Tod jahrelang selbst renoviert und ausgebaut.

Bis auf die Wasserleitungen ...

Wo steckst du bloß, kleines Mistvieh, brummte er, und fand sein Mobiltelefon schließlich unter einem Stapel Schallplatten und aufgeschlagenen Büchern mit japanischen Haikus.

Überall, wo er ganz besondere Dreizeiler gefunden hatte, machte er Eselsohren in die Seiten.

Er schaute zum Plattenspieler hinüber. Auf dem Plattenteller lag noch immer die B-Seite von *No Guru, No Method*. Seine Feierabend-Musik.

Dazu ein paar Gläser Whiskey und der Ärger des Tages war meistens fortgespült.

Er kannte die Telefonnummer auf dem Display seines Mobiltelefons nicht und rief gespannt zurück.

Am anderen Ende der Leitung wurde abgenommen.
Ein Mann fauchte ein genervtes „Hallo" in die Muschel –
mehr nicht.

Im Hintergrund waren Kindergeschrei und eine zischende
Kaffeemaschine zu hören.
Hallo, meine Name ist Shane Cameron, sagte er, Sie haben
mich vor einer halben Stunde angerufen.
Shane!, rief es am anderen Ende, Shane, ich bin es, Ray!
Schön, dass du dich so schnell zurückmeldest.
Ray?
Ja, ich, Ray!
Sorry, hab dich nicht erkannt ... der Lärm im Hintergrund,
bemerkte Cameron.
Ja, bin noch Zuhause, meine Kids, diese Rasselbande, räus-
perte sich Ray entschuldigend.
Was gibt es, Ray, weshalb hast du angerufen?

Immer noch der Alte, lachte Ray, immer gleich zur Sache
kommen. Weißt du, wie lange wir uns nicht mehr gesprochen haben?
Eine ganze Weile, denk ich, aber du rufst doch nicht etwa
an, um dich zu erkundigen, wie es mir geht oder um mit mir
über Rugby zu plaudern, also, schieß los.
Schon gut, Alter, na dann, sagte Ray und schlug einen anderen Ton an: Ich brauche deine Hilfe, Shane.

Du? Meine Hilfe? Das ist ja mal ganz was Neues.
Ja. Ich sage es ungern, lachte Ray verlegen, aber ich komme
hier nicht weiter. Ein schwieriger Fall.
Worum geht es?, fragte Cameron.
Das erzähle ich dir, wenn du hier bist.
Bei dir? Wieso bei dir?
Amtshilfe, betonte Ray, ganz offiziell, wenn du verstehst.
Ich bin heute nicht zu Scherzen aufgelegt, Ray.
Warst du das überhaupt jemals?

Was soll das, Ray? Cameron klang nun schon etwas ungehalten.

Es ist alles mit den Chefs abgeklärt. Du kommst her, um Amtshilfe zu leisten.

Einen Scheiß werde ich tun!

Shane, ich brauche deine Hilfe, sagte Ray versöhnlich, es ist alles schon in die Wege geleitet. Frag nach, kläre es mit deiner Dienststelle ab. Ich erwarte dich heute noch.

Heute! Du spinnst wohl, ich will hier nicht weg, schon gar nicht nach Donegal.

Ein wenig Luftveränderung wird dir gut tun, scherzte Ray.

Warum gerade ich?

Du bist der Beste, Shane.

Du bist ein Arschloch, Ray, hör mit dem Gesülze auf.

Shane, du hast keinen Fall zur Zeit ... wir sind Freunde ... wir sind zu wenig Leute hier ... und du bist ein Spürhund. Reicht dir das?

Du kannst mich mal, sagte Cameron und legte auf.

Durch die geöffnete Türe strömte der Geruch nach warmem Toast und Kaffee herauf.

Er zog eine andere Cargo-Hose an, ein frisches, kariertes Hemd, und stieg barfuß die Treppen hinunter zu seiner Mutter, in die Küche, woher die angenehmen Düfte kamen.

Endlich, Junge, sagte sie, wird aber auch Zeit, dein Kaffee ... was hast du denn so getrödelt.

Musste telefonieren, Mum.

Aha. Und ... wichtig?

Weiß ich noch nicht.

Aha, sagte sie noch einmal und brachte seinen schwarzen Kaffee, in den er wie immer vier Stück Zucker warf. Verärgert rührte er um.

Vergiss nicht, Junge, sagte sie, heute ist unser „Frühstück bei Tiffany-Abend".

Er räusperte sich: Ich fürchte, daraus wird nichts, Mum.
Sie blickte ihn verwundert an.
Wie es aussieht muss ich nach Donegal, um den Idioten dort oben unter die Arme zu greifen.
Donegal? Warum gerade du?, entrüstete sie sich.
Ich bin der Beste, Mum, weißt du doch, grinste er.
Was soll der Blödsinn, Junge, forschte sie besorgt und zugleich verärgert.

Tut mir leid, Mum. Wenn es tatsächlich stimmt, muss ich heute noch los.
Heute? Jesus, was ist geschehen?
Weiß nicht, Mum, muss zur Dienstelle, den Superintendent sprechen.
Er blickte sie entschuldigend an.
Wir holen den Tiffany-Abend nach, versprochen, Mum, tröstete er sie.
Doch nicht deshalb, Junge, ich mache mir Sorgen um dich.
Ich pass auf mich auf, versprochen. Schon vergessen, Mum, ich trage eine Waffe, lächelte er.
Das tun die Bösewichte auch, entgegnete seine Mutter. Du bist nicht mehr der Jüngste, mein Junge, und der Fitteste auch nicht. Sie deutete auf seinen hervorstehenden Bauch.

Er formte seine linke Hand zur Faust, erhob sie und lächelte: Ob sie auch so eine Linke haben, deine Bösewichte …
Seine Mutter schüttelte den Kopf: Du nimmst mich nicht ernst, Junge.
Doch, sehr, Mum, sehr!
Sie lächelte ihn liebevoll und besorgt an: Du bist das Einzige, was mir geblieben ist, Junge.
Und Audrey Hepburn, schmunzelte er.
Sie gab vor, ihn mit dem Schneebesen schlagen zu wollen, mit dem sie gerade hantierte.
Ihre andere Leidenschaft vergaß er zu erwähnen. Sie las für ihr Leben gerne Krimis und hörte John Field dazu.

Immer, wenn er nach Hause kam und die *Nocturnes* von Field aus dem Wohnzimmer hörte, wusste er, dass sie in ihrem Lehnsessel saß und in einem Krimi schmökerte.

Er küsste seine Mum auf die Stirn, zog seine Lederjacke an, setzte sich die Baseballmütze auf und fuhr mit dem Wagen zur Garda Station in die Pearse Road.
Heute hatte seine Mum nicht wegen der Umweltverschmutzung geschimpft, die er dadurch verursachte. Sonst unterließ sie es an kaum einem Morgen ihn darauf hinzuweisen, dass es sowohl ihm als auch der Umwelt besser täte, wenn er die kurze Wegstrecke zu Fuß gehen würde.
Die Gardas vor dem Revier, und vor allem der diensthabende Sergeant, grüßten ihn nur widerwillig und knapp.
Shane Cameron war nicht der Beliebteste.

Von Anfang an hatten sie ihn hier nicht haben wollen.
Warum, wusste er nicht einmal so genau. Vielleicht, weil seine Mutter Engländerin war.
Der Superintendent erwartete ihn bereits.
In dessen Büro hing wie immer eine Wolke aus billigem Rasierwasser und Zigarettenqualm.
Der Superintendent gab nichts auf die Vorschrift, im Gebäude nicht rauchen zu dürfen.
Inspektor Cameron, begrüßte er ihn, nehmen Sie Platz.
Nach unzähligen Dienstjahren gab der Superintendent noch immer sehr viel auf Umgangsformen und Distanz zu seinen Untergebenen.
Cameron war das gerade recht.

Der Superintendent bestätigte Rays Angaben.
Die Dienststelle Donegal hatte im Fall eines ertrunkenen Mädchens tatsächlich um Amtshilfe gebeten. Kriegen Sie das gebacken, Cameron?, fragte der Superintendent.
Cameron grübelte abwesend vor sich hin.
Cameron?

Wie?

Ob Sie das hinbekommen?

Natürlich, Sir.

Gut, dann packen Sie mal ihre Sachen, Sie müssen heute noch da hochfahren. Und Cameron …

Ja?

Seien Sie nett zu denen da oben, geben Sie sich etwas mehr Mühe als sonst, zwinkerte der Superintendent.

Cameron nickte nur.

Ray O'Doherty wusste nichts von Camerons verstorbenen Jungen. Niemand wusste das.

Er hatte nie darüber gesprochen.

Einzig der Superintendent wusste davon, weil es in Camerons Akte stand. Und natürlich die Hauptzentrale in Dublin.

Solche Informationen mussten streng vertraulich behandelt werden.

Maureen hatte ihm schon eine Tasche mit Kleidung, Bartschneider sowie Duschgel, Zahnbürste und Zahncreme gepackt, als er von der Besprechung aus der Pearse Street zurückkam.

Den Bartschneider nahm er wieder aus der Reisetasche und verstaute ihn im Badezimmerschrank.

Sie hatte auch seine Waffe aus dem kleinen Wand-Safe genommen und sie in seine Tasche gelegt.

Ich werde den Film nicht ohne dich anschauen, versicherte Maureen lächelnd bei der Verabschiedung.

Seine Mum liebte Audrey Hepburn, schon seit er denken konnte. Audrey Hepburn und die Gedichte *Shelleys*. Schon als er ein Kind war, hatte sie ihm immer wieder *Shelley* Gedichte rezitiert.

Er war sich sicher, ihretwegen Haikus zu lieben, auch wenn es keine Ähnlichkeiten gab.

Als er wieder bei ihr eingezogen ist, hatten seine Mutter und er es sich zur Gewohnheit gemacht, an jedem ersten Montag im Monat gemeinsam einen Audrey Hepburn Film anzuschauen. Seiner Mutter bedeuteten diese gemeinsamen Abende unendlich viel. Und ihm auch.

Es hatte zwar eine Weile gedauert, aber mittlerweile schaute er sich die Hepburn-Filme ganz gerne an. Mit einer Tüte Erdnüssen und ein zwei Whiskeys konnte man die Streifen sogar fast genießen. Audrey Hepburns Wesen, ihr Charme, ihre Leichtigkeit, vor allem aber ihr Lächeln, regten ihn an und schenkten ihm nach einem langen, harten und nervigen Arbeitstag ein wenig Ablenkung und Entspannung.

Er nahm seine Mutter in die Arme und küsste ihre Wange.

Bin bald wieder Zuhause, Mum, sagte er.

Junge, gib acht auf dich, ja, versprich es mir.

Mich kriegen sie da oben nicht klein, Mum, wir beide werden zusammen alt, grinste er, du wirst sehen.

Du charmanter Lausbub, fahr bitte vorsichtig. Und, Junge ...

Er schaute sie fragend an.

Trink nicht so viel. Und vor allem nicht, wenn du fährst!

Genug jetzt, Mum, du hast wohl vergessen, dass du einen Inspektor vor dir hast, lächelte er, seinen Ärger überspielend.

Tut mir leid, Junge, entgegnete sie.

Schon gut, Mum, mach dir nicht so viele Sorgen, es ist nur Donegal, nicht Dublin oder London. Oder Limerick, fügte er grinsend hinzu.

Sie winkte seinem Auto nach, bis es den Hügel erklomm, in die Circular Road einbog und verschwand.

Carrying A Torch

Cameron fuhr quer über die Insel, nahm den kürzesten Weg. Nicht wie sonst die Küstenstraße.
Er liebte die Coast Road der kleinen Städte und Dörfer wegen.
Im Allgemeinen mied er die ausgebauten National Roads.
Er erinnerte sich noch gut, wie sie jahrzehntelang geschrien und getobt hatten, seine Landsleute, dass das Land endlich ein ausgebautes Straßennetz und Autobahnen brauchte.
Nun hatten sie es und waren auch nicht zufriedener.
Überall wo er hinkam klagte man über den Verlust der Langsamkeit und die knappe Zeit, die einem zum Leben blieb und schimpfte auf die Schnelllebigkeit, die auch über Irland wie eine Seuche hereingebrochen war. Und niemand wusste, wann das geschehen war. Und vor allem nicht, wie.
Die ganze Fahrt über hörte er nur eine einzige CD.

Wie konnte man nur in dieser Stadt leben, dachte Cameron, als er wieder einmal im Stau vor Letterkenny stand und sich darüber ärgerte, dass die Städteplaner dieses Problem seit mehr als einem Jahrzehnt nicht in den Griff bekamen.
Aber wer weiß, vielleicht taten sie ja auch gar nichts dagegen.
Dann kam ihm wieder der neue Fall in den Sinn, wie so oft heute während der Fahrt.
Der Fall des toten Mädchens, bei dem sie seine Hilfe brauchten.
Er musste an seinen Jungen denken, der ebenfalls ertrunken war. Bei einem Bootsunfall. Und dessen Leiche nie gefunden wurde. Etwas, das er bis heute kaum ertragen konnte.

In Letterkenny bauten sie gerade an einem Hotelkomplex. Der Verkehr staute sich vor einer provisorischen Ampel, deren Grünphasen nur wenige Sekunden andauerten und bei denen nicht mehr als drei, höchstens vier Fahrzeuge durchfahren konnten.

Zum Kotzen!, brüllte Cameron und schlug mit der Faust aufs Lenkrad.

Genervt vom Warten im Ampelstau der Baustelle fuhr er fünfzehn Minuten später die High Road hinauf. Auch hier viel zu viel Verkehr.

Beim Kindergarten bog er erleichtert in die New Line Road ab. Gleich würde er ankommen. Er hasste lange Autofahrten. Er könnte Ray dafür in den Arsch treten.

Der Parkplatz vor dem rotbraunen Gebäude der Garda Station war überfüllt.

Cameron fuhr fluchend wieder herunter und parkte den Wagen unerlaubterweise an der Mauer, die den Gehweg vom Garda Gelände trennte.

Er wies sich aus und wurde hineingelassen.

Im ersten Stock hielt er einen Moment inne und musste sich zuerst orientieren, um Rays Büro zu finden.

Er klopfte an und hörte Rays Stimme, die „Herein" rief.

Ray sprang von seinem Schreibtischstuhl auf und stürmte ihm grinsend entgegen.

Cameron wunderte sich über Rays Wiedersehensfreude.

Der Kerl sah noch immer verdammt gut aus für sein Alter, stellte Cameron fest und murmelte etwas von Jahren, die schneller verwehen als Fürze unter der Bettdecke, woraufhin Ray in Lachen ausbrach.

Wie geht es deiner Mutter?, erkundigte sich Ray.

Gut.

Und du, Shane, wie geht es dir?

Komm zur Sache, Ray, klär mich auf, worum geht es hier? Je schneller wir den Fall aufklären, umso schneller bin ich wieder weg.

Ray blickte ihn überrascht an. Ist gut, Alter, sagte er. Aber nicht hier, lass uns einen Kaffee trinken. Unten an der Kreuzung gibt es ein kleines Café.

Nimm die Akte mit, meinte Cameron, ich will sie später in Ruhe lesen.

Okay, erwiderte Ray, ich hab sie dir kopieren lassen.

Du bist grau geworden, meinte Cameron, auf dem Weg nach unten.

Und du nicht schlanker, grinste Ray.

So etwas Ähnliches behauptet meine Mum auch immer, entgegnete Cameron.

Du willst doch wohl nicht da runter wandern?, entrüstete sich Cameron, als Ray zu Fuß das Gelände verlassen wollte.

Das sind vier Minuten Fußweg, Shane, jetzt stell dich nicht so an. Außerdem schadet es nicht, sich ein bisschen zu bewegen.

Vergiss es, knurrte Cameron, ich fahre. Wenn du willst, nimm ich dich mit, ansonsten treffen wir uns im Café. Bis gleich!

Okay, okay, erwiderte Ray, kam zurück und öffnete die Beifahrertüre.

Du liest ja noch immer dieses japanische Zeug, spottete Ray und warf die Haiku Bücher auf den Rücksitz.

Vorsicht, schimpfte Cameron, das sind Kostbarkeiten.

Ray grinste.

Da brauchst du gar nicht so dämlich zu grinsen, nur weil du in deinem Leben noch nie ein Buch gelesen hast, meinte Cameron.

Ich lese Fallakten, grinste Ray.

Genau das meine ich, du Hinterwäldler, frotzelte Cameron.

Das Café war kaum besucht.

Gut, so konnten sie in Ruhe über den Fall sprechen, ohne von den Nebentischen belauscht zu werden.

Ray bestellte zwei Mal schwarzen Kaffee und hob die Augenbrauen, als Cameron seinen Kaffee mit vier Stück Zucker süßte.

Du weißt schon, dass du dir damit schadest, sagte Ray.

Keineswegs, entgegnete Cameron, das tut mir gut. Beruhigt mich.

Kopfschüttelnd schilderte Ray, warum er ihn hergebeten hatte.

Das heißt also, du musst den Fall des toten Mädchens beiseite legen wegen eines möglichen Tötungsdeliktes an einer Kommunalpolitikerin?, schnaubte Cameron.

Shane, du weißt doch, wie das läuft. Natürlich hat dieser neue Fall Priorität ... das öffentliche Interesse ... die Familie des Opfers ist einflussreich ... die Presse schaut uns auf die Finger ... das alte scheiß Spiel eben.

Verdammt!, knurrte Cameron.

Du sagst es. Les' die Akte in Ruhe durch, dann bereden wir alles. Weißt du schon, wo du wohnst?

Nein, ich gehe erst mal ins Hotel.

Quatsch, du wohnst natürlich bei uns, protestierte Ray.

Bei euch?

Aber ja.

Das geht nicht.

Natürlich geht das, wo denkst du hin.

Wo wohnst du überhaupt?, fragte Cameron.

In Ramelton, antwortete Ray, Springhill, das ist die Adresse. Er schrieb sie auf eine Serviette und sagte: Ich geb Fiona Bescheid, dass du kommst, sie wird dir das Gartenhaus herrichten.

Du willst mich in ein Gartenhaus verfrachten, prustete Cameron, hast du noch alle Latten am Zaun!

Wir nennen es nur so, erwiderte Ray, es ist komfortabel, du wirst sehen. Und Fiona ist eine ausgezeichnete Köchin.

Cameron erwiderte lächelnd: Na, dann gib schon her. Er nahm die Serviette und die Akte an sich. Du zahlst, meinte er, erhob sich und tippte an seine Baseballmütze. Du willst ja bestimmt zu Fuß zurückgehen, fügte er hinzu, wir sehen uns dann später ... Zuhause. Schon aus der Türe, streckte er noch einmal den Kopf herein und meinte grinsend: Und komm nicht zu spät zum Essen!

Ray streckte ihm ebenfalls grinsend den Mittelfinger entgegen.

Cameron gab die Adresse ins Navigationsgerät ein und ließ sich aus der Stadt leiten.

Hin und wieder schielte er auf die Akte, die auf dem Beifahrersitz lag, las den Vornamen des Mädchens oder sprach ihn laut aus: Deirdre.

Hinaus aus der Stadt führte ihn die zunächst enge von hohen Fuchsien-Hecken gesäumte R940.

Er öffnete das Fenster einen Spalt. Der unverkennbare Blütenduft der Insel strömte herein.

Er schnupperte. Nirgendwo sonst gab es diesen Duft.

Nicht in Frankreich, nicht in Italien. Auch nicht in Dänemark oder Schweden. Und schon gar nicht in Deutschland, wo es entweder nach Benzin oder nach Raps stank, wenn man über die Autobahnen fuhr. Woanders ist er auch noch nicht gewesen.

Die Insel duftete wie keine andere, daran zweifelte er nicht.

Mit dem Verschwinden der Hecken verschwand auch der Blütenduft. Es roch nun nach den weiten Wiesen und den hellbraunen Kornfelder zur Rechten.

Als er den Geruch des Meeres wahrnahm, wurde ihm bewusst, dass der Lough Swilly, ebenfalls zu seiner Rechten, nicht mehr allzu weit weg sein konnte.

Da! Plötzlich tauchte der Meeresarm für einen Moment im Seitenfenster auf.

Leuchtend blau im Sonnenlicht.

Kurz vor Ramelton öffnete sich die hügelige Landschaft zu beiden Seiten und wurde weitläufig.

Zerteilte sich in grüne und braune Flächen. Einzelne Cottages fernab der Straße.

Licht strömte ihm blendend entgegen.

Noch vor dem eigentlichen Stadtkern, an den umzäunten Cottages, die allesamt zum Verkauf angeboten wurden, musste er nach links auf den Lennon Grove abbiegen. Kurz darauf noch ein Mal nach links in den Meadowvale.

„Sie haben ihr Ziel erreicht", ertönte die monotone Stimme des Navigationsgerätes.

Das also war Springhill.

Diese Neubau-Siedlungen machten Cameron auf eine bestimmte Weise melancholisch.

Die immer gleichen Cottages oder Bungalows in eidottergelb oder altrosa, mit grünen Fensterläden. Die kleinen, sehr gepflegten Rasenflächen vor den Fenstern. Für spielende Kinder zu klein, und zu groß, um ein paar Blümchen zu pflanzen, die sich auf ihnen verloren.

Also ließ man sie stets unberührt und unbepflanzt.

Auf jedem Grundstück die gleichen Zufahrten. Mausgrauer Schotter. Konformität, wo man hinsah. Und hässliche Holzzäune, die irgendwelche noch unbebauten Areale abgrenzten.

Er konnte sich nur zu gut vorstellen, wie das Leben hinter diesen Wänden vonstatten ging.

Aber was wollte er, es ging sicherlich auf die gleiche Weise vonstatten wie überall sonst auch. Erschöpfend und langweilend in seiner Eintönigkeit und Routine. Frustrierend und stressig, wenn Kinder erzogen, ernährt und ganze Familien durchgefüttert werden mussten.

Enttäuschend zugleich in seinem langen, gleichförmigen Fluss der jahre- oder jahrzehntelangen belanglosen Alltäglichkeiten. So kam es einem doch vor.
Bis ein Schicksalsschlag das Leben veränderte. Und es vielleicht sogar zerrüttete.

Zum Glück gab es Menschen wie Audrey Hepburn, dachte er, die Leuten wie seiner Mutter das Leben ein wenig verschönerten. Auch wenn die Hepburn für sich selbst nichts anderes gewollt hatte, als dasselbe belanglose, unaufgeregte Leben zu führen – als Mutter und Hausfrau, mit Garten und Anwesen, kochend, umsorgend, und häuslich.
Aber war sein eigenes Leben denn besser, aufregender, bedeutungsvoller als das anderer, fragte er sich.
Zumindest redete er sich das zeitweise ein.

Rays Haus befand sich am Ende einer Sackgasse.
Als er ausstieg, wurde im Nachbarhaus ein Vorhang zur Seite geschoben.
Alles klar, dachte Cameron kopfschüttelnd, da war er doch wieder mal ganz gerne ein Stadtmensch.
Er nahm die Reisetasche aus dem Kofferraum, ging die wenigen Schritte über den Kiesweg und verlor nicht das Gefühl, beobachtet zu werden.
Bevor er den Türklopfer betätigen konnte, öffnete Rays Frau, Fiona, die Türe.
Beide starrten sich schweigend an.
Es war ein seltsames Gefühl, nach so langer Zeit wieder vor ihr zu stehen.
Ich kann nicht sagen, dass ich mich freue, dich zu sehen, meinte Fiona.
Tut mir leid, Fiona, ich konnte es ihm nicht ausreden, sagte Cameron und ärgerte sich über ihre Unfreundlichkeit.
Schließlich war ihre Beziehung schon seit hundert Jahren vorbei – mindestens.

Ich denke, wir sollten zumindest so tun, als kämen wir damit klar, schlug er vor.

Er sprach gezielt vom „wir", sodass Fiona den Eindruck gewinnen sollte, auch er hätte mit dieser Situation seine Schwierigkeiten und würde sich, wie auch sie, Mühe damit geben müssen.

Tatsächlich war es jedoch so, dass ihm Fiona völlig schnurz war. Und ihre kurze Beziehung ebenso.

Ein unvermeidlicher Fehler, die man im Leben eben beging.

Fehler, an denen man wohl gewisse Dinge abarbeiten musste.

Deshalb beging man sie doch, obwohl man es oft schon im Voraus besser wusste.

Komm mit, ich zeige dir das Gartenhaus, sagte Fiona schnippisch.

Sie führte ihn erst gar nicht durchs Haus, sondern wies ihm den Weg ums Haus herum in den Garten.

Cameron war erstaunt. Das Gartenhaus war ein kleines, schmuckes Pavillon. Vielleicht sogar ein wenig kitschig mit seinen Girlanden, bunten Lampions und der davor stehenden Hollywood-Schaukel, dachte er und schwieg.

Drinnen gab es ein Bett, einen Schreibtisch und eine Kommode, elektrisches Licht und einen kleinen Kühlschrank.

Außerdem roch es muffig nach feuchtem Holz.

Das Bett ist natürlich frisch überzogen, meinte Fiona gereizt, Abendessen gibt es, wenn Ray nach Hause kommt.

Wenn du duschen möchtest, bitte ich dich zu warten, bis Ray zuhause ist.

Im Weggehen sagte sie noch: Du siehst übrigens schrecklich aus.

Man tut, was man kann! rief Cameron ihr nach.

Alte Hexe, knurrte er, jedoch erst, als sie außer Reichweite war. Der Klassiker, dachte er, ein paar Wochen lang fiel man verliebt und voller Begehren übereinander her und später hasste man sich für Jahre. Und wenn es ganz dumm lief, ein Leben lang.

Wenn er jetzt die Akte studieren wollte, brauchte er Kaffee. Er ging also hinüber, betrat über die Veranda das Wohnzimmer und traf auf die beiden Kinder, die vor dem Fernseher hockten und erschraken, als er plötzlich vor ihnen stand.
Die Kleine schrie sofort los, der Junge bekam vor Schreck den Mund gar nicht mehr zu.
Gottverdammt, fluchte Fiona, die wie eine Furie ins Zimmer geschossen kam, kannst du nicht vorne klingeln, wie jeder normale Mensch auch. Ach was, ich vergaß, du bist ja gar nicht wie irgendein anderes menschliches Wesen.

Cameron verließ ohne ein Wort, wieder über die Veranda, das Haus.
Fiona stürzte ihm nach und fuhr ihn an: Wenn du nur ein bisschen Anstand hättest, dann wärst du jetzt nicht hier!
Er blieb stehen, wandte sich um und sagte: Fiona, weißt du was, du kannst mich mal.
Mit hochrotem Kopf rannte Fiona zurück ins Haus, schlug die Verandatüre zu, verriegelte sie und zog die Gardinen vor.
Cameron holte seine Tasche aus dem Gartenhaus und ging quer über den Rasen zu seinem Wagen.
Froh, die Siedlung wieder zu verlassen, fuhr er zurück nach Letterkenny und traf Ray in dessen Büro an. Cameron machte ihm klar, dass er auf keinen Fall bei ihnen wohnen könne, das Gartenhaus drücke ihm auf die Stimmung, außerdem sei er so auch viel zu weit weg vom Ort der Ermittlung. Er müsse auf Inishowen wohnen und wolle gleich losfahren.

Ray überlegte, bat Cameron, sich ein paar Minuten zu setzen, bot ihm Kaffee an, klemmte sich hinters Telefon, führte ein paar Gespräche und legte nach einigen Minuten zufrieden grinsend auf.

Na also!, rief er erleichtert aus, wir haben etwas für dich, Shane.

Cameron blickte ihn erwartungsvoll an.

Die Eltern eines Kollegen haben auf Inishowen ein Wochenendhaus, erklärte Ray, direkt am Port Ronan Pier. Der Kollege besorgt in diesem Moment den Schlüssel für das Haus und bringt ihn anschließend vorbei.

Cameron nickte zufrieden. Ich melde mich heute Abend, sagte er, sobald ich die Akte gelesen habe, okay?

Geht klar, lächelte Ray, hätte gerne mal wieder mit dir über die alten Zeiten gequatscht.

So viel gibts da nicht zu quatschen, entgegnete Cameron achselzuckend.

Ne ganze Menge, denk ich, betonte Ray euphorisch.

Ja, und später hätte ich euch beim Vögeln zuhören müssen, in meinem kleinen Pavillon unter eurem Schlafzimmerfenster.

Pah, da gibt es nichts mehr zu hören, meinte Ray, in sich zusammensinkend, bei uns läuft schon lange nichts mehr ... eigentlich, seit die Kinder da sind.

Cameron räusperte sich. So genau hatte er es gar nicht wissen wollen.

Du kennst das doch, begann Ray, man ist verliebt, treibt es eine Zeitlang wie die Karnickel, und kaum ist das erste Kind da, ist alles vorbei. Löst sich auf und geht wie Rauch durch den Schornstein des Lebens. Man ist nur noch Eltern, alles dreht sich um die Kleinen. Man verliert sich und merkt es nicht einmal. Das reinste Schattenspiel.

Am Liebsten hätte Cameron erwidert, dass er das nicht kannte, ganz und gar nicht kannte, nicht einmal von damals, als er und seine Frau, Madison, sich kennengelernt hatten und hin und wieder einen Spliff zusammen rauchten, bevor sie Sex hatten. Am Liebsten hätte er auch erwähnt, dass er sich noch nie in seinem Leben wie ein Karnickel gefühlt und auch noch nie wie eines gerammelt hatte. Stattdessen sagte er nur: Wusste gar nicht, dass du eine poetische Ader hast.

Idiot, sagte Ray, das ist nicht lustig.
Nein, das ist es nicht, bestätigte Cameron.
Und?
Was und?, forschte Ray missmutig.
Was machst du dagegen?
Ich mach es mir selbst, brummte Ray, und gehe hin und wieder in Dublin zu den Huren. Eine Schande, als verheirateter Mann so etwas tun zu müssen. Aber Shane, halt bloß die Schnauze, du weißt von nichts, okay.
Cameron nickte.
Und du, wie gehst du damit um?, fragte Ray.
Womit?
Ray verzog das Gesicht: Mit der Lust!
Gar nicht, lächelte Cameron.

Cameron erinnerte sich, wie sie beide als junge Polizeischüler auf der Polizeischule in Templemore eine Stube geteilt hatten. Ray konnte gar nicht mehr aufhören von Sex zu sprechen, welche Braut er wann und wo flachgelegt hatte, und welche er noch flachlegen wollte.
Es war ihm unangenehm gewesen, dieses ewige Geprahle und hirnlose Geschwätz über Sex. Ray ist ihm unangenehm gewesen. Klar, dass Ray irgendwann auf Fiona gestoßen sein musste, unten in Templemore, wo sie sich damals herumtrieb.
Als er noch vor Ray etwas mit Fiona gehabt und von Heirat gesprochen hatte, war sie sofort abgehauen. Sie hatte sich wohl einen anderen Kerl als Ehemann für sich vorgestellt. Und angelte sich schließlich Ray.

Der junge Kollege klopfte an und trat ein.

Er überreichte förmlich und offiziell den Schlüssel für das Cottage und gab Cameron noch ein paar höfliche Instruktionen wegen des Hauses.

Ray verabschiedete sich auf dem Parkplatz händeschüttelnd von Cameron und überschüttete ihn mit gutgemeinten Ratschlägen im Umgang mit den Leuten von Inishowen. Und vor allem im Umgang mit dem Vater des toten Mädchens.

Cameron stieg wortlos in seinen Wagen, startete den Motor, ließ die Scheibe herunter und sagte: Ich wollte vorhin nicht wissen, ob du es dir selber machst oder für Sex bezahlst. Ich dachte eher an so etwas wie eine Paartherapie oder andere professionelle Hilfe.

Rays Gesicht verschloss sich. So etwas habe ich doch nicht nötig, meinte er.

Cameron tippte an seine Baseballmütze und fuhr los.

Vergiss nicht, mich anzurufen!, rief Ray dem Wagen nach.

Cameron streckte den nach oben zeigenden Daumen aus dem Fenster, bog auf die New Line Road und fuhr angespannt aus der Stadt hinaus.

Have I Told You Lately That I Love You

Die Brandung tobte lärmend gegen den verlassenen Pier
an, als er am Abend die schmale Zufahrt hinunterfuhr. Im
Westen verschwand die Sonne gerade hinter einem Band
aus bedrohlich dunklen Wolken. Nur eine Handvoll Häuser
stand an dem hohen Ufer in einer Reihe. Ihre Erker waren
zum Meer hin ausgerichtet. Es war das vorletzte Ferien-
Cottage.
Die anderen standen leer, die Saison war zu Ende.

Cameron parkte den Wagen direkt davor und betrat erleichtert aber abgekämpft das Haus.
Er warf die Reisetasche hin, legte die Akte auf den Wohnzimmertisch, zog Jacke und Baseballmütze aus, warf beides
auf das Sofa und öffnete die Wohnzimmerfenster.
Atlantikluft drang herein.
Im Kühlschrank befanden sich ein paar Lebensmittel, deren
Haltbarkeitsdatum längst abgelaufen waren. Er warf sie in
den Mülleimer.

Im hinteren Bereich des Hauses befanden sich die beiden
Schlafzimmer.
Direkt hinter dem Haus erhob sich der Rücken eines Hügels, der stetig anwuchs und hoch über die Küstenlinie rag-
te.
Schlimmer hätte es nicht kommen können, als jetzt hier direkt am Meer wohnen zu müssen, dachte er.
Er hasste das Meer, seit es seinen Jungen verschluckt und
nicht mehr hergegeben hatte.
Auf der Suche nach einem CD-Spieler ließ er den Blick
durchs Wohnzimmer wandern. Zum Glück befand sich einer auf einem dunkelgrünen Sideboard mit orangefarbenen
Knäufen.

Cameron ging noch einmal nach draußen und suchte im Seitenfach der Fahrertüre aus einem Stapel CDs eine ganz bestimmte heraus.

Ein erleichtertes Lächeln huschte über sein Gesicht, als er sie in den Händen hielt und zurück ins Haus ging. Er legte die CD ein. Der erste Song erklang. Einen Moment lang hielt er die Hülle in der Hand und betrachtete nachdenklich das Cover-Foto – den schwimmenden Schwan im goldfarbenen Licht.

Er brühte löslichen Kaffee auf, den er sich mit zwei Tüten Lebensmittel im Supermarkt in Carndonagh gekauft hatte, warf die obligatorischen vier Stück Zucker hinein und ließ sich in den weichen Sessel im Erker sinken. Er blickte angewidert aufs Meer hinaus und rief seine Mum an.

Sie wartete bereits ungeduldig auf seinen Anruf und seufzte erleichtert, als sie seine Stimme hörte.

Junge, gib auf dich acht, sagte sie beim Abschied, und trink nicht zu viel.

Er blickte zu den Flaschen Connemara Whiskey hinüber, die er neben den CD-Spieler auf die Kommode gestellt hatte und sagte: Natürlich nicht, Mum.

Ein Glück, dass es im Supermarkt welchen gegeben hatte. Er wäre imstande gewesen, den ganzen Weg zurück bis nach Letterkenny zu fahren, um ihn zu besorgen.

Nach dem Telefonat mit seiner Mutter nahm er die Akte vom Wohnzimmertisch, setzte sich wieder und schlug sie auf. Fast wäre sie ihm vor Schreck aus der Hand gefallen.

Er hielt sich selbst für hartgesotten, aber die Tatort-Fotos der Mädchenleiche waren schockierend.

Wie der kleine, zierliche, aufgedunsene Körper in den Felsen bei Malin Head lag, zerschunden, halb im Wasser und halb zwischen schroffem Felsgestein, entblößt und für jedes Auge sichtbar.

Sie lag auf dem Rücken, verkeilt und verbogen, mit gebrochenen Gelenken, inmitten scharfkantigen, gezackten kleinen Felsblöcken.
Cameron erhob sich und schaltete den CD-Spieler aus.
Die Musik verstummte.
Zögerlich ging er zurück.

Ihr Gesicht war nur noch teilweise vorhanden.
Die rechte Gesichtshälfte war samt dem rechten Auge und dem Ohr so gut wie verschwunden, abgerieben am Felsgestein und von Meerestieren angefressen. Tiefer liegende Hautschichten und zum Teil Gesichtsknochen kamen zum Vorschein.
Sie trug eine dünne, rote, fast zerrissene Daunenjacke, löchrige Jeans und am linken Fuß einen weißen Turnschuh. Der rechte Turnschuh fehlte. An diesem Fuß hatte sie nur noch zwei Zehen.
Die anderen, das konnte man deutlich erkennen, waren gewaltsam abgebissen worden. Auch einige ihrer Finger fehlten.

Cameron schob die Fotos ganz nach hinten, unter die Berichte. Nur eines steckte er in die Außentasche seiner Cargo-Hose: Deirdre, lebendig, in Schuluniform, gezwungen lächelnd, vor einer Schultafel stehend. Dem forensischen Bericht lag ein Foto der Leiche in der Gerichtsmedizin bei.
Er betrachtete es mit zusammengekniffenen Augen und stopfte es ebenfalls zu den anderen nach hinten.
Dann begann er zu lesen.
Wie immer beim Lesen einer Akte notierte er Signifikantes in seinem kleinen Notizbuch.
Diesen Fall musste er mit ganz besonderer Sorgfalt angehen.
Rays Ermittlungen hatten bis jetzt so gut wie nichts ergeben. Weshalb war er nicht vorangekommen?
Am Besten fing man ganz von vorne an, dachte Cameron.

Er notierte:
- *Deirdre, 12 Jahre alt*
- *Querverlaufende, ältere Schnittverletzungen am Handgelenk. Suizidversuch?*
- *Fehlender Hymen*
- *Im Blut eine Mischung aus reichlich Alkohol und Diazepam*
- *Keinerlei Fremdspuren am Leichnam*
- *Bestätigter Tod durch Ertrinken, Schaumpilz vor Mund und Nase*
- *Fundort: Malin Head. Etwa 36 Stunden nach Todeszeitpunkt. Vermutlich durch starke Luftblasenbildung in der Kleidung schon nach kurzer Zeit wieder aufgetaucht*
- *Keine Vermissten-Anzeige des Vaters!!! Warum nicht?*
- *Vater, Aidan, 52 Jahre (Beruf: Fischer) gilt als gewalttätig (aktenkundig)*
- *Deirdres Brüder:*
Shaun, 15 Jahre (geistig zurückgeblieben)
Mike, 17 Jahre (Jugendstrafe wegen Körperverletzung)
- *Ein Onkel, Bruder des Vaters, Brian, 34 Jahre, wohnhaft „Culdaff", ebenfalls Inishowen (Beruf: Finanzberater) verheiratet mit Bridget. Zwei Mädchen: 6 Jahre, 4 Jahre*
- *Deirdres Mutter, 40 J., kein Kontakt zu ihren Kindern in Irland*
- *Die Leiche von einem Spaziergänger, Ausländer, gefunden (Bestätigtes Alibi)*
- *Keine Sturzverletzungen*
- *Tod trat irgendwann in der Nacht vom 2. auf den 3. September ein*
- *Befand sie sich auf einem Boot?*

Alles weitere wollte er mit Ray besprechen.
Er schloss die Akte. Schluckte. Blickte aufs Meer. Stand mühsam auf, ging zum Wohnzimmertisch und breitete alle Fotos aus der Akte in gleichem Abstand zueinander auf dem Tisch aus.

Einen Augenblick schaute er zu den Whiskey-Flaschen hinüber, doch er wendete den Blick gleich wieder ab. Er sprach den Namen seines Jungen aus, leise, so leise, dass man es drüben im Erker sicherlich nicht gehört hätte: Liam.
Warum musste man sein Kind verlieren? Welchen Sinn hatte es?
Konnte es dafür überhaupt einen Sinn geben?
Verlieren Sie nicht Ihren Glauben, hatte der Priester damals gesagt.
Er wollte nichts mehr von Gott wissen, seit damals, hatte ihm den Rücken gekehrt. Er ertrug es auch kaum, wenn seine Mutter vor dem Essen Dankgebete sprach. Sie wusste das und tat es trotzdem. Sie gab die Hoffnung für ihn nicht auf. Es rührte ihn, auch wenn er Anstoß daran nahm.

Liam, sagte er noch einmal.
Sein Junge ist auf einem Boot gewesen. Doch nicht bei Nacht. Es war ein Sturm bei Tagesanbruch. Die beiden Freunde wollten sich etwas beweisen. Liam ging über Bord. Der Andere überlebte. Die Küstenwache hatte ihn aus dem Wasser gefischt. Er trug eine Schwimmweste. Die andere Schwimmweste wurde auf dem Boot gefunden, an ihrem vorgeschriebenen Platz.
Warum hatte Liam seine Schwimmweste nicht angezogen?
Auch sein Kumpel hatte darauf keine Antwort gehabt. Beide hatten zu viel getrunken.

Seit Stunden hatte Cameron nichts gegessen, doch er verspürte noch immer keinen Hunger. Stattdessen brühte er sich noch einmal Kaffee auf. Anschließend nahm er sein Mobiltelefon und wählte Rays Nummer. Ray nahm sofort ab. Cameron sparte sich die Begrüßung und sagte gereizt: Ich habe kein Vernehmungsprotokoll von Deirdres Mutter gefunden, was ist damit?
Schön, auch dich zu hören, sagte Ray.
Schon gut, Ray, also, was ist damit?

Wir haben die Frau nicht ausfindig machen können.

Einwanderungsbehörde?

Glaubst du, ich weiß nicht, wie ich meinen Job zu machen habe?

Keine Ahnung, Ray.

Nimm mal ein bisschen Gas raus, Shane, wir haben rausgefunden, dass sie nach Kanada unterwegs war. In Vancouver verliert sich allerdings ihre Spur. Sie ist wohl so etwas wie eine Globetrotterin geworden.

Habt ihr das Boot des Vaters gecheckt?, fragte Cameron.

Nein, wozu, es ist das Boot des Vaters, natürlich sind Fingerabdrücke und Spuren aller Familienmitglieder darauf zu finden. Alle benutzen es.

Sperma-Spuren?

Wieso das denn, Shane. Was sollten sie beweisen? Doch höchstens, dass sich der eine oder andere auf dem Boot einen runtergeholt hat, oder runterholen ließ. Irgendwer hatte auf dem Boot mit irgendwem Sex gehabt, und?

Vielleicht mit ihr, darum geht es doch, verdammt?, fuhr Cameron ihn an.

Vielleicht. Doch selbst wenn, wir können es nicht beweisen. Spuren finden wir von allen. Das wird für die Beteiligten nur peinlich, Shane. Ein Vater und eine Mutter haben ihre Tochter verloren, zwei Brüder ihre Schwester. Willst du ihnen das antun? Willst du beweisen, dass ein männliches Familienmitglied auf dem Boot sich selbst befriedigt hat oder befriedigt wurde? Jesus, was ist mit dir, Shane?

Und was ist, wenn ihr fremde Spuren findet und sie in der Datenbank sind, du Schlaumeier?

Na und, dann haben sich eben irgendwelche anderen Typen auf dem Boot einen runtergeholt oder runterholen lassen. Das ist nicht strafbar. Und wenn wir verschiedene Sperma-Spuren finden, treten wir damit am Ende das Gerücht los, einer aus der Familie könnte schwul sein. Und wir lassen durch unsere Ermittlungen ebenso durchblicken, jemand hatte möglicherweise auf dem Boot Sex mit Deirdre gehabt, ohne es beweisen zu können.

Noch nicht!, bemerkte Cameron.

Kannst du dir vorstellen, was das für die Leute bedeutet, wenn wir dieses Gerücht in die Welt setzen? Wir *können* es nicht beweisen. Da oben kennt doch jeder jeden. Verdammt, Shane, bleib auf dem Teppich!

Und wenn einer von ihnen aktenkundig ist?

Dann haben wir noch immer keinen Beweis, dass es mit der Kleinen zu tun hatte. Außerdem bekomme ich das nicht durch, Shane. Es ist ja noch nicht einmal klar, ob ein Verbrechen vorliegt. Schon gar kein Sexual-Delikt.

Ach ja ... und der fehlende Hymen ... sie hieß übrigens Deirdre.

Vielleicht geschah es einvernehmlich, bemerkte Ray, die jungen Dinger lassen doch nichts mehr anbrennen.

Sie war erst zwölf, Ray! Du klingst schon wie dieses bescheuerte Arschloch von der Sitte, wie heißt der Penner doch gleich ... scheiße ... egal. Ist dir eigentlich nichts heilig, Ray?

Ehrlich gesagt, nein, Shane! Und du glaubst nicht, was man so alles mitbekommt, erst letzten Monat ...

Schon okay, fuhr Cameron dazwischen, verschon mich damit. Habt ihr mit ihrer Lehrerin gesprochen?

Ray räusperte sich: Lehrerin?

Verdammt, Ray! Natürlich ihre Lehrerin.

Mist, das hab ich total vergessen.

An welcher Schule war sie denn?

An der St. Mary's National. Tut mir leid, ich schicke dir eine Nachricht mit der Adresse.

Jesus, Ray, was ist los mit dir?

Ich bin überfordert, Mann, was glaubst du, weshalb ich dich angefordert habe.

Also, gut, versicherte Cameron, wir kriegen das hin. Ich geh die Zeugenaussagen durch, verschaff mir ein Bild und leg morgen los.

Danke, Shane.

Schon gut ... ist mein Job.

Was ist mit ihrem Vater?

Pass auf diesen Typen auf, Shane, er ist unberechenbar. Er haut gerne zu, soll auch seine Kinder verprügeln.

Ich werd ihn schon richtig anpacken. Gibt es eine Frau in seinem Leben?

Nicht, dass ich wüsste. Die Nachbarn haben jedenfalls seit dem Verschwinden der Mutter keine andere Frau gesehen, mit der er Umgang haben könnte. Er lebt alleine mit seinen Kindern.

Und ihre Brüder, sind die sauber?

Die mauern alle, keiner weiß etwas. Du weißt, sie reden nicht gern mit uns.

Und der Onkel?

Hat ein Alibi für die Tatnacht.

Und wer ist diese Mary Cullen, hab ihren Namen in der Akte entdeckt?

Eine ältere, leicht verwirrte Malerin, wohnt draußen in Ballyhillin, kurz vorm Head. Sie hatte sporadisch Kontakt zu dem toten Mädchen. Weiß aber von nichts, sagt sie.

Aha, brummte Cameron.

Ich schicke dir die Adresse der Schule und ne Beschreibung zum Haus der Cullens. Alles ist ganz in deiner Nähe, meinte Ray lachend, du hast sozusagen alles vor der Haustüre ... Wohnort des Mädchens... Fundort der Leiche ... Angehörige ... Bekannte.

Ich wüsste nicht, was daran lustig sein soll, Ray.

Tut mir leid ... du hast recht.

Cameron legte auf.

Eine unendliche Müdigkeit überkam ihn.
Die Sonne war in der Zwischenzeit vollends untergegangen.
Hatte nur ein zaghaftes rötlich- und rosafarbenes Schimmern über dem Meer zurückgelassen.
Gegenüber, von den Bergen der Fanad Halbinsel, war stattdessen alles Licht gewichen.
Er warf erneut einen Blick auf die Whiskey-Flaschen, ging jedoch in die kleine Küche, um sich ein paar Käse-Sandwiches zuzubereiten, die er grübelnd im Erker-Sessel verspeiste.
Als es heraufdunkelte, schaltete Cameron den CD-Spieler wieder an und wählte einen bestimmten Song aus. Er drehte am Regler auf fast volle Lautstärke.
Die Stimme des Sängers erfüllte dröhnend den Raum.
Und ihn.
Er setzte sich, legte die Füße auf den Fenstersims und erwartete die Nacht.

Während er sein Spiegelbild im Fenster betrachtete, sprach er erneut mit seinem Sohn.
Dass er viel zu selten gesagt habe, dass er ihn liebe. Viel zu selten. Ein schlimmer Fehler. Und dass er hoffe, dass er ihm diesen Fehler verzeihen könne.
Er wischte die Tränen, die in diesem Moment aus seinen Augen rannen, nicht fort.
Es tat gut zu weinen.
Und er spürte, dass er auch um dieses Mädchen weinte.
Das, wie er glaubte, viel gelitten haben muss.
Das Ende der CD hatte er nicht mehr mitbekommen.
Er war, trotz der Lautstärke, im Sessel eingeschlafen.

Moondance

Jeder einzelne Knochen schmerzte, als Cameron erwachte.
Verdammt, fluchte er, wie kann man nur so blöd sein!
Seit einigen Jahren hatte er die Angewohnheit, mit sich selbst zu sprechen.
Er starrte mit trüben Augen auf sein Mobiltelefon: Eine verpasste Nachricht und ein verpasster Anruf.
Gepennt wie ein Murmeltier, knurrte er.
Seine Mum hatte ihn also gestern Abend noch einmal angerufen.
Die verpasste Nachricht war von Ray. Eine Wegbeschreibung zu Deirdres Schule in Ballygorman und zum Hause der Cullens.

Ray hatte Recht, die St. Mary's National School war keine fünf Minuten von seinem Cottage entfernt.
Deirdres Familie wohnte sogar noch näher, in Middletown.
Anscheinend ein kleines Farmhaus mit grüner Türe und grünen Fensterläden, gleich oben an der Abzweigung, zurückversetzt, an den Hang geschmiegt, schrieb Ray.
Trotz allem hatte der Idiot eine poetische Ader, dachte Cameron und rief seine Mum zurück. Er ließ es lange läuten, doch sie nahm nicht ab.

Vermutlich war die Sonne noch nicht einmal aufgegangen, dachte Cameron.
Zumindest sah man sie hier nicht, so weit unten am Pier, Richtung Westen gelegen.
Das Wetter hatte in der Nacht umgeschlagen. Der trübgraue Himmel über dem Atlantik war eine einzige Waschküche.
Die Erkerfenster waren beschlagen.
Wolken oder Nebel, so genau konnte er das nicht unterscheiden, trieben nahe über der Wasseroberfläche. Das

Meer war nur noch ein opalgraues wellenförmiges Etwas, von dem er sich angewidert abwendete. Außerdem war es kühl geworden im Haus.

Auf dem Weg zur Küche hielt er am Wohnzimmertisch inne und starrte die Fotos vom Tatort und der Gerichtsmedizin an.

Erst die vier Stück Zucker im schwarzen Kaffee brachten seinen Motor wieder in Gang.

Er bestrich drei Scheiben Soda Bread mit Schoko-Aufstrich, aß die Brote im Stehen in der Küche und trank schlürfend den Kaffee dazu.

Bevor er das Haus verließ, versuchte er noch einmal seine Mutter zu erreichen. Vergeblich.

Es nieselte leicht, als er aus dem Cottage trat.

Cameron schlug den Kragen seiner Lederjacke hoch und zog die Mütze tiefer ins Gesicht.

Vielleicht traf er jemanden von der Schulleitung oder sogar ihre Klassenlehrerin an, bevor die Schule losging, hofft er.

Man konnte das gelbe Schulgebäude gar nicht verfehlen. Es lag zwischen Middletown und Ballygorman direkt an der R242 Richtung Carndonagh.

Cameron parkte den Wagen unmittelbar vor der Schule.

Kleine Horden von Schulkindern quollen aus Schulbussen, kamen zu Fuß oder mit Fahrrädern angefahren. Jungs pfiffen und grölten, Mädchen kreischten und gackerten.

Die Schulglocke ertönte, gerade als er durch das Schultor ging. Alles stürmte in einem Riesentohuwabohu hinein.

Nun war er doch einen Tick zu spät gekommen.

Im Sekretariat erklärte man ihm, dass Deirdres Klassenlehrerin erst zur zweiten Stunde Unterricht hätte und er sie jetzt sicherlich im Lehrerzimmer antreffen würde.

Die alte Dame war sichtlich schockiert, dass nun sogar ein Inspektor der Kriminalpolizei ermittelte.

Der Tod ihrer Schülerin ging ihr sehr zu Herzen. Auch habe sie seither nicht mehr richtig schlafen können. Schließlich war sie doch eine ihrer Schützlinge.

Was ist mit ihr passiert?, fragte sie.

Genau das versuche ich herauszufinden, meinte Cameron.

Er erfuhr, dass Deirdre viele unentschuldigte Fehlzeiten hatte. Dass sie jedoch trotzdem eine ganz passable Schülerin gewesen war. Aber scheu, und ohne Freundinnen. Eine Einzelgängerin mit einem Aggressionsproblem.

Cameron blickte sie stirnrunzelnd an.

Ihr Vater hätte übrigens nie auf Einladungen zu Gesprächen reagiert, meinte die Lehrerin.

Schließlich wäre es darum gegangen, in Erfahrung zu bringen, was der Grund für die Fehlzeiten gewesen sei. Am Telefon habe er sich sogar oftmals verleugnen lassen oder geantwortet, dass er wegen seiner Arbeit nicht in die Schule kommen könne.

Die Erziehung seiner Tochter läge ja wohl in der Verantwortung der Schule, habe er ein Mal geäußert. Ein unangenehmer Mensch mit einem Hang zur Gewalt, schloss die Lehrerin, ein wirklich unangenehmer Mensch.

Dem Mann werde ich sehr bald einen Besuch abstatten, sagte sich Cameron, als er aus dem Schulgebäude kam und im Nieselregen zu seinem Wagen ging. Dennoch wollte er damit noch etwas warten, wollte zuerst die kleinen Teile des Mosaiks zusammenfügen.

Erneut rief er seine Mum an. Sie nahm wieder nicht ab.

Verdammt, Mum, zischte er, was ist los mit dir, muss ich mir Sorgen machen?

Er fuhr auf der Küstenstraße Richtung Malin Head an der Coastguard Station vorbei.

Richtig, dachte er, die Jungs von der Küstenwache musste er unbedingt auch befragen. Er hatte nichts davon in der Akte entdeckt. Ray hatte geschludert, soviel stand fest.

Hin und wieder tauchte das Meer im Seitenfenster auf, schwarzgrün und mit hohen Wellen, auf denen silberne Gischt tanzte.

Ballyhillin bestand, wie all die Dörfer am Head, lediglich aus einzelnen, versprengten Bungalows und Cottages, entweder direkt an der Straße, oder zurückversetzt im Hinterland, an Hügel geschmiegt oder verloren in weiten braungrünen Ebenen.

Nach Ballyhillin wirkte die Natur wie eine karstige, einsame und verlassene Mondlandschaft.

Das ist wohl der raue Norden, dachte er.

Er fand das Haus mit der roten Türe und den roten Fensterläden auf Anhieb und fuhr den Hang hinauf.

Als er auf die Zufahrt zum Haus abbog, schoss ihm ein Hund entgegen. Er rannte neben dem Auto her und schnappte bellend nach den Reifen. Cameron stieg aus, kniete sich nieder und ließ den Hund an sich heran.

Na, mein Guter, sagte er, komm her, lass dich streicheln, Bursche.

Tatsächlich gab der Hund sein Gekläffe auf und ließ sich schwanzwedelnd das Fell gegen den Strich kraulen.

Einen schönen Wachhund haben Sie da, lächelte Cameron, als seine Besitzerin aus dem Haus trat und ihren Hund zu sich rief.

Leider eine Schwäche von ihm, erwiderte die Frau, ebenfalls lächelnd, er gibt ihr allerdings nur selten nach, Sie können sich also etwas darauf einbilden, wenn Sie wollen.

Ich überleg es mir, lächelte Cameron.

Ich bin Mary, sagte die Frau, und wer sind Sie, was führt Sie zu mir, wollen Sie vielleicht ein Bild kaufen?

Cameron stellte sich vor und wies sich aus, woraufhin sie zusammenzuckte.

Ich bin wegen Deirdre hier, erklärte er. Man sagte mir, Sie kannten das Mädchen.

Marys Augen wurden wässrig. Sie bat ihn mit einer Geste herein und deutete Richtung Wohnzimmer.
Cameron ließ sich ächzend in das weiche Sofa sinken.

Tee?, fragte Mary.
Kaffee wäre schön, lächelte Cameron.
Mary nickte und ging in die Küche.
Vier Stück Zucker, bitte!, rief er ihr nach.
Milch?, rief sie zurück.
Schwarz!
Scones?
Er überlegte einen Moment. Gerne!

Cameron schaute sich um.
Eine Menge Nippes, Kinkerlitzchen, künstliche Blumen, eingerahmte Familienfotos auf dem Kaminsims und den Fenstersimsen. Ein paar Aquarelle standen aneinander gelehnt neben dem Sofa. Landschaften, Küste, vielleicht Malin Head. Er war bisher noch nie dort gewesen.
Im Kamin knisterte leise ein schwaches Torffeuer.
Einige Augenblicke später kam Mary mit einem silbernen Tablett zurück. Zwei Tassen dampfender Kaffee und selbstgebackene Scones.
Hervorragend, lobte Cameron den Kaffee und griff nach einem Scone. Er schob sich das Gebäck an einem Stück in den Mund, kaute kurz und schluckte es mit einem großen Schluck Kaffee hinunter.
Mary hob die Augenbrauen.

Es geht also um Deirdre, meinte sie beunruhigt und setzte sich.
Ganz recht, sagte er. Was können Sie mir über sie sagen.
Das habe ich doch schon einem anderen Polizisten erzählt.
Ich bitte Sie aber, mir noch einmal alles mitzuteilen, was Sie über das Mädchen wissen.

Nicht sehr viel, entgegnete sie und putzte sich die Nase, wir kannten uns nicht sehr gut. Sie hat mich ein oder zwei Mal besucht.

Besucht? Cameron richtete sich auf.

Ja, wir haben Tee getrunken, sie hat sich meine Bilder angesehen. Deirdre hat auch sehr gerne gemalt. Sogar gut … könnte man sagen.

Wie hat das Mädchen auf Sie gewirkt?, forschte er.

Was meinen Sie?

Ist Ihnen etwas Besonderes an ihr aufgefallen?

Sie war … war ein ganz normales Mädchen.

Cameron suchte den Blick der Frau.

Wussten Sie von den Schnittverletzungen an ihren Handgelenken?

Nein, fuhr Mary auf. Sie trug stets Pullover oder Blusen mit langen Ärmeln oder zog ihre Jacke nicht aus.

Sie lügt, dachte er.

Kennen Sie Deirdres Vater und Brüder?

Nein.

Sie lügt schon wieder, sagte er sich, nun schon ein wenig verärgert.

Mary fing an leise zu weinen.

Hören Sie, Mary, begann Cameron, ich bin hier, um herauszufinden, weshalb ein Mädchen ums Leben gekommen ist. Und ich brauche dabei alle erdenkliche Hilfe. Wenn Sie also irgendetwas wissen sollten, was mir helfen könnte, dann bitte ich Sie, es mir zu sagen.

Aber ich kann Ihnen nicht helfen, Inspektor, versicherte Mary mit bebender Stimme, das habe ich auch schon Ihrem Kollegen gesagt. Ich weiß wirklich nicht mehr, sie hat wenig erzählt, und von ihrer Familie gar nicht. Wir haben uns über das Malen unterhalten, sie hat sich immer gerne meine Bilder angesehen.

Immer, entgegnete Cameron, ich dachte, sie war nur ein oder zwei Mal hier?

Es könnte auch öfters gewesen sein, wandte Mary verlegen ein, aber wie ich schon sagte, wir haben uns immer über das Malen unterhalten.
Na gut, räusperte sich Cameron, hier ist meine Karte, wenn Ihnen doch noch etwas einfällt, rufen Sie mich an. Und danke für den Kaffee und den Scone.
Er legte seine Visitenkarte auf den Tisch und erhob sich.
Cameron witterte etwas, solche Lügen erzählten ihm mehr, als hervorgewürgte Halbwahrheiten oder verlogene Euphemismen. Mary begleitete ihn zur Türe und blieb im Türrahmen stehen.
Als er zu seinem Wagen ging, rief sie ihm etwas nach, das er wegen des starken Windes nicht verstand. Er drehte sich um.

Sie müssen mit dem Deutschen sprechen!, rief sie noch einmal.
Cameron kam zurück.
Mit welchem Deutschen?, fragte er. Der Wind blies ihm ins Gesicht, trieb den Regen in Böen vor sich her. Regenwasser triefte ihm unangenehm in den Jackenkragen.
Mary verbarg sich unter dem kleinen Vordach vor dem Regen.
Der Deutsche, der im Mai hier gewesen ist, eine Art Sozialarbeiter, erklärte sie. Er wollte ein Buch schreiben. Er hat eine Anzeige wegen Kindes-Vernachlässigung aufgegeben, soviel ich weiß. Hat Deirdres Vater angezeigt. Ein paar Tage später brannte sein Trailer, hörte ich. Er hat im Trailer-Park in der Slievebane Bucht gewohnt. Sprechen Sie doch einmal mit ihm.

Cameron brach der Schweiß aus. Verdammt, das hatte er vergessen. Jetzt erinnerte er sich, es gab sogar einen Aktenvermerk.

Und *er* warf Ray eine schludrige Arbeitsweise vor! Er hatte es gerade nötig, andere zu belehren oder über sie zu urteilen. Cameron hasste es, wenn unsauber gearbeitet wurde, erst recht, wenn er selbst es tat. Er durfte hier keine Fehler machen! Das war er dem Mädchen schuldig.

Cameron nickte Mary zu, stieg in seinen Wagen und fuhr los.

Er hatte nicht einen einzigen Blick auf die atemberaubende Szenerie geworfen, die sich vor Marys Haus entfaltete. Auf Malin Head, das geschwungene, weitläufige Tal, oder die Steilküste und den endlosen Atlantik dahinter.

Zurück am Cottage stürmte er ins Haus und warf einen raschen Blick auf die Fotos.

Die Akte lag auf dem Erker-Sessel. Er blätterte nervös darin. Da war er – der Vermerk.

Er atmete laut aus und fluchte. Konzentriere dich, Cameron, schimpfte er mit sich, das hier darfst du nicht vergeigen, Mann, reiß dich am Riemen!

Er las Namen, Adresse und Telefonnummer des Deutschen und rief gleich an.

Es klingelte eine halbe Ewigkeit.

Verdammt, zischte er, nimm schon ab!

Die Verbindung brach ab.

Was soll das denn jetzt!, brüllte Cameron. Er starrte einen Moment wütend auf sein Mobiltelefon und warf es aufs Sofa.

So eine Scheiße, polterte er, ihr könnt mich doch alle mal.

Dann dachte er an seine Mutter.

Draußen, über dem Atlantik, schien sich der Untergang der Welt anzukündigen.

Tiefschwarz und grollend kam dieses Ende auf die Insel zu. Heftige Windböen und plötzlich klatschender Regen schlugen gegen die Fenster.

Cameron wich vor Schreck einen Schritt zurück.

Kaffee, sagte er, und ging eilig in die Küche. Wieder streifte sein Blick die Fotos, die auf dem Wohnzimmertisch lagen.

Der Sturm tobte stundenlang.

Cameron hockte nur da, im Erker, regungslos, Kaffee trinkend, grübelte, und beobachtete das Treiben und die Gewalt der Naturkräfte.

Warum sollten die Menschen besser sein, dachte er, wenn die Natur schon so gewaltvoll, unbarmherzig und gnadenlos war?

Als der Sturm sich schließlich gelegt und die Gewalten sich beruhigt hatten, stand tief über dem Meer ein milchig leuchtender Vollmond. Sein Licht phosphoreszierte auf der Wasseroberfläche.

Ein Streif aus silbernem Glanz reichte bis hin zur Küste.

Cameron blickte zum Pier hinunter, wo ein Teil der Mole in dieses Licht getaucht war.

Ich bin der Wolf, dachte er, hab meine Spur aufgenommen. Und ich werde nicht eher Ruhe geben, bis ich meine Beute habe.

Seine Mum anzurufen wagte er wegen der vorgerückten Stunde nicht mehr. Bei dem Deutschen wollte er es gleich morgen früh wieder versuchen.

Gegen Mitternacht ging er zu Bett und sank erst spät in einen ruhelosen Schlaf voll unguter Träume.

And It Stoned Me

Er erwachte am Brandungsgeräusch.
Viel zu früh, um jemanden anrufen zu können.
Die Brandung tobte lärmend gegen den Pier an. Hohe Wellen schlugen gegen die Mole und stoben in die Höhe. Die Gischt spritze meterweit über die Pier-Mauer.
Der Himmel war nichts als eine bleierne, undurchdringliche Wand. Die Küste Donegals lag nahezu verborgen hinter Dunst und Nebel.

Über das ungemütliche Bett fluchend schlurfte Cameron in die Küche, um sich Kaffee zu kochen.
Eine scheiß Kälte ist das hier, schimpfte er und drehte die Heizungen bis zum Anschlag auf.
Gegen halb acht rief er seine Mutter an. Sie nahm wieder nicht ab. Das hatte es noch nie gegeben.
Gut, er musste in den letzten Jahren auch fast nicht mehr außerhalb Sligos ermitteln und war so gut wie jeden Abend Zuhause. Und wenn nicht, dann war sie immer telefonisch zu erreichen gewesen oder hatte bei ihm angerufen.
Der jetzige Zustand zerrte an seinen Nerven.
Am Ende lag sie irgendwo im Haus und brauchte Hilfe, dachte er besorgt.

Er schmierte sich ein paar Brote mit Schoko-Aufstrich, die er, wie am Morgen zuvor, im Stehen in der Küche aß, und trank zwei Tassen schwarzen Kaffee dazu.
Er schnupperte an seinen Achseln, nickte, kramte aus der Reisetasche sein Pfirsich-Deodorant und sprühte es großzügig unter die Arme. Das musste fürs Erste reichen.
Noch am Abend seiner Ankunft hatte er die Dusche inspiziert. Ein scheiß Ding von einer Dusche. Dass seine Lands-

leute sich mit solch billigem Dreck zufrieden gaben, erstaunte ihn immer wieder aufs Neue.

Angespannt wählte er die Nummer von Niklas Reinders, dem Deutschen. Am anderen Ende der Leitung knackte es ein paar Mal.
Hallo, Reinders, meldete sich der Angerufene.
Cameron stellte sich vor und fragte nach den Gründen für Reinders Aufenthalt im Frühjahr in Irland. Er stellte dabei zufrieden fest, dass Reinders' Englisch für diese Unterhaltung ausreichen sollte.
Worum geht es denn genau?, forschte Reinders.
Es geht um den Tod eines Mädchens im September diesen Jahres, mit dem Sie, wie man mir mitteilte, im Mai Kontakt gehabt haben sollen.

Cameron vernahm nur den lauter werdenden Atem des Mannes.
Erinnern Sie sich?, erkundigte sich Cameron, ihr Name war Deirdre.
Um Gottes Willen!, rief Reinders aus, das kann doch nicht wahr sein, aber ... was ist passiert?
Das wissen wir noch nicht, sie wurde tot in den Klippen bei Malin Head gefunden. Sie ist ertrunken.
Aber ... war es ein Unfall?, fragte Reinders aufgebracht.
Wie gesagt, wir wissen es noch nicht. Mehr kann ich Ihnen leider nicht sagen. Sie erinnern sich also an das Mädchen?

Natürlich erinnere ich mich, versicherte Reinders, obwohl wir nur ein Mal miteinander gesprochen haben.
Weshalb erinnern Sie sich dann so gut?
Nun ... ich ... wie soll ich sagen ... sie ist mir gleich zu Beginn meiner Ankunft aufgefallen.
Weshalb?, forschte Cameron.
Sie streunte umher. Ich habe an einem Abend im Pub auffallende Schnittverletzungen an ihren Handgelenken entdeckt.

Das waren keine Schnittverletzungen, die vom Ritzen her-
rühren, sondern, wie ich meine, die Folgen eines Selbstmordversuches.

Wie kommen Sie darauf?
Ich bin, nein, ich war Sozialarbeiter. Ich habe mein ganzes
Leben mit Kindern gearbeitet. Ich kenne diese Art Verlet-
zungen.
Worüber haben Sie sich mit ihr unterhalten?, wollte Cameron wissen.
Übers Malen, sagte Reinders, die Kleine hat mir Tipps gegeben, ist aber gleich darauf wieder verschwunden. Nachdem
ich im Pub ihre Schnittverletzungen gesehen habe, besuch-
te ich diese Malerin bei Malin Head.
Mary Cullen?, warf Cameron ein.

Ja, genau. Ich fragte sie nach ihrer Verbindung zu dem Mäd-
chen.
Weshalb?, wunderte sich Cameron.
Das Mädchen verhielt sich seltsam, scheu, erschrocken und
eingeschüchtert. Auf eine Art ängstlich, die mich stutzig
machte, deshalb wollte ich die Malerin sprechen. Ich hatte
das Gefühl, dass die beiden sich besser kannten.
Wie kommen Sie darauf?
Es sah so aus an dem Abend im Pub. Das Mädchen saß bei
ihr. Mary Cullen redete mit ihr, als ob sich beide schon lan-
ge kannten ... und vor allem, gut kannten.
Aha.
Ja, aber sie war verschlossen.
Mary Cullen?
Ja!
Inwiefern?
Ich hatte das Gefühl, dass sie mir etwas verheimlichte. Um
Gottes willen, das Mädchen soll tot sein, mein Gott, wie
schrecklich. Was habe ich getan?

Wie meinen Sie das? Cameron wurde hellhörig.
Ich habe die Familie, das heißt, den Vater angezeigt. Das Mädchen kam mir vernachlässigt vor, und unbeaufsichtigt.
Wie kommen Sie darauf?
Ich habe eines Nachts beobachtet, wie sie von jemandem mit einem Schlauchboot an Land gebracht wurde.
Nachts? Von einem Boot aus?
Ja.
Was für ein Boot, haben Sie es erkannt?
Nein ... ich denke, es war eine Art Fischerboot.
Sind Sie sicher?
Nein, leider nicht.
Cameron atmete hörbar aus.

Haben Sie erkennen können, wer die andere Person auf dem Schlauchboot war?
Nein, es war viel zu dunkel ... oh mein Gott, das Mädchen ist tot, sagen Sie?
Wie konnten Sie dann das Mädchen erkennen?, bohrte Cameron.
An ihren Turnschuhen.
Sie haben das Mädchen an ihren Turnschuhen erkannt? Es könnte also auch eine andere Person mit denselben Turnschuhen gewesen sein? Cameron hob die Stimme an.
Nein, ich habe sie auch an ihrem Gang erkannt, an ihrer Körperhaltung.
Cameron schwieg einige Sekunden. Sie sind sich ganz sicher?, forschte er mit Nachdruck.
Ganz sicher, hören Sie, Inspektor, ich arbeite mein ganzes Leben schon ...
Mit Kindern, ich weiß, unterbrach ihn Cameron aufgewühlt.
Ja!

Wie ging es dann weiter, erzählen Sie?
Nach der Anzeige dauerte es keine fünf Tage, da bekam ich nachts Besuch vom Vater des Mädchens, sagte Reinders, er

kam plötzlich aus einer Düne hervor, als ich spät abends zum Austreten vor den Trailer ging.

Cameron räusperte sich. Was geschah dann?

Er sagte keinen Ton, sondern schlug mich mit einem Faustschlag nieder.

DAS hat er getan, fuhr der Inspektor auf, einfach so, ohne ein Wort?

Aber ja. Ich lag eine halbe Ewigkeit bewusstlos da.

Dafür gab es wohl keine Zeugen, vermute ich, wandte Cameron ein.

Nicht, dass ich wüsste.

Und weiter?

Als ich einige Tage später gegen Mitternacht von einem Pub-Besuch nach Hause kam, brannte mein Trailer lichterloh. Mein Laptop, meine Aufzeichnungen, die Gesprächsprotokolle ... alles verbrannte ... ich wollte ein Buch schreiben.

Gab es ein Gutachten?

Nein, die Polizei vor Ort stellte keinen Brandanschlag fest. Sie sagten, ich hätte wohl vergessen, den Herd auszuschalten.

Und ... haben Sie?

Ich weiß es nicht mehr, meinte Reinders, ich war mir sicher, ihn ausgeschaltet zu haben. Bevor ich sonst den Trailer verlassen habe, habe ich immer noch einmal nach dem Herd geschaut.

Außer, Sie haben es *ein* Mal vergessen, warf Cameron ein.

So kann man es wohl auch sehen, räusperte sich Reinders verlegen.

Wie denken *Sie* über den brennenden Trailer?

Ich könnte mir schon vorstellen, dass jemand meinen Trailer niedergebrannt hat.

Warum haben Sie gegen den Vater keine Anzeige wegen Körperverletzung gestellt?

Hätte das etwas gebracht? Ohne Zeugen!

Und warum nicht wegen Sachbeschädigung gegen Unbekannt?

Machen Sie Witze?, lachte Reinders bitter. Als Ausländer in Irland?

Cameron murmelte irgendetwas.

Woran dachten Sie zuerst, als sie die Person ... das Mädchen ... nachts aus dem Schlauchboot klettern sahen?, fragte Cameron.

Reinders gab keine Antwort.

Nun?

Ich ... ich möchte mich dazu nicht mehr äußern. Ich habe, so wie es aussieht, wohl schon genug Schaden angerichtet.

Mr. Reinders, ich versuche den Tod des Mädchens aufzuklären und ich brauche dabei jede Hilfe. Wenn Sie also irgendetwas wissen oder eine Vermutung haben, und sei es nur ein Gefühl, dann müssen Sie es mir sagen! Also, woran dachten Sie dabei?

Reinders schwieg erneut.

Ich lasse Sie vorladen, wenn Sie jetzt mauern, drohte Cameron.

Reinders lachte kurz auf: Sie bluffen doch nur!

Das stimmt, gab Cameron zu, Sie haben mich durchschaut. Kommen Sie, helfen Sie mir. Ich brauche jede Spur.

Es scheint Ihnen wohl wirklich wichtig zu sein, bemerkte Reinders.

Das ist es, versicherte Cameron, hier geht es um ein Kind.

Sie glauben nicht, dass es ein Unfall war?, fragte Reinders.

Darüber darf ich Ihnen keine Auskunft geben.

Sie glauben also nicht, dass es ein Unfall war, wiederholte Reinders sehr langsam und eindringlich, die beiden Silben des Wortes „Unfall" deutlich betonend.

Cameron überlegte.

Nein, sagte er schließlich, das glaube ich nicht. Woran dachten Sie also, Mr. Reinders, als sie das Mädchen von dem Boot kommen sahen?

An Blutschande.

Wie bitte?

An sexuellen Missbrauch, betonte Reinders mit fester Stimme. Ich denke, Sie sollten einmal zum Trailer-Park fahren und die Leute dort befragen.

Das werde ich tun, versicherte Cameron, ich danke Ihnen.

Wofür, fragte Reinders mit bitterem Ton, dass ich Anzeige erstattet habe und das Mädchen jetzt tot ist?

Dass Sie den Mut dazu hatten, antwortete Cameron. Es gehört einiges dazu, seinem Gefühl zu folgen, auf seine innere Stimme zu hören und dieses Risiko einzugehen. Sie wollten helfen und haben es getan. Allein darauf kommt es an.

Aber ...

Kein aber, unterbrach Cameron, wir wissen noch nicht einmal, was sich zugetragen hat. Spekulieren Sie nicht. Und geben Sie sich erst recht keine Schuld für Umstände, die Sie sich nur zusammenreimen. Ich wünschte, es gäbe mehr Menschen von Ihrer Sorte.

Reinders bedankte sich halbherzig und wünschte Cameron viel Erfolg bei den Ermittlungen.

Den kann ich gebrauchen, dachte Cameron, legte auf und wählte die Nummer seiner Mutter.

Sie nahm wieder nicht ab.

Verdammt, Mum, was ist los mit dir?, raunte er besorgt.

Nun hielt er die Ungewissheit nicht mehr aus.

Er rief auf dem Revier in Sligo an und bat einen Kollegen, nach seiner Mutter zu sehen und sich umgehend zurückzumelden, sobald er bei ihr gewesen war.

Als er das Haus verließ, erfasste ihn eine Windböe und leichter Nieselregen.

Fluchend schlug er den Kragen seiner Jacke hoch.

Foreign Window

Zum Trailer-Park war es mit dem Wagen nur ein kurzes Stück.

Während der Fahrt überlegte er, ob Reinders ihn angelogen und die Sache mit dem Schlauchboot, mitten in der Nacht, nur erfunden hat.

Aber warum sollte er das tun? Um sich wichtig zu machen?

Für so jemanden hielt Cameron ihn eigentlich nicht. Aber sicher konnte man eben nie sein.

Wenn nur der Kollege der Garda seine Mum wohlauf Zuhause antraf ...

Die kleine Bucht, in der die Mobile Homes aufgebockt standen, lag ruhig und verlassen da, in einem regengrauen, trüben Licht.

Ebenso verlassen schienen die Trailer zu sein. Die Saison war längst zu Ende.

Cameron fuhr ganz nach unten, in Ufernähe, parkte den Wagen auf einem sandig-grasigen Fleck und stapfte durch den Sand zu den Trailern, in der Hoffnung jemanden anzutreffen.

Kann ich Ihnen helfen!, rief es plötzlich hinter ihm.

Das hoffe ich, erwiderte Cameron, sich dem Mann zuwendend, der wohl aus einem der Trailer gekommen sein musste.

Cameron stellte sich vor und hielt ihm seinen Ausweis entgegen.

Oh, schon wieder Polizei, meinte der alte Mann.

Was tun Sie hier?, fragte Cameron.

Ich wohne hier.

In einem der Trailer?

Ja.

In welchem?

Der alte Mann deutete auf den letzten Trailer in der Bucht.
Was schleichen Sie also hier herum?, fragte Cameron gereizt.

Ich schleiche nicht herum, versicherte der Mann, ich inspiziere die Dünen nach Müll und was sonst noch alles so herumliegt.
Aha.
Cameron ließ sich den Namen des Mannes geben und schrieb ihn in sein Notizbuch.
Sie wohnen ganzjährig hier?, fragte er den Mann.
Ja. Ich bin Dichter und Maler.
Kannten Sie das tote Mädchen?
Der alte Mann meinte, er kannte sie nur vom Sehen. Er wisse lediglich, dass sie aus Middletown gewesen sei.
Ob er die Familie kenne?
Nein. Er tue sich schwer mit Bekanntschaften, mit Menschen überhaupt, sie interessierten ihn nicht sonderlich.
Wahrscheinlich lügt er, sagte sich Cameron, und fragte: Wo waren Sie in der Nacht vom zweiten auf den dritten September?

Wollen Sie mir jetzt auch noch etwas anhängen?, polterte der Alte.
Antworten Sie bitte, sagte Cameron.
Ist das die Nacht, in der das Mädchen ...
Ja, das ist sie.
Ich war in meinem Trailer, wo soll ich denn sonst gewesen sein, fuhr er auf.
Gibt es dafür Zeugen?
Was meinen *Sie* denn, lachte der Mann bitter.
Inspektor Cameron schaute ihn eindringlich an.
Nein, es gibt dafür keine Zeugen, ich lebe alleine.
Schade, warf der Inspektor ein.

Cameron fragte, ob er einen Deutschen namens Reinders kenne, der im Mai diesen Jahres einen Trailer hier bewohnt habe?

Flüchtig, antwortete der Alte und fügte hinzu, er habe kaum einen Satz mit dem Mann gewechselt.

Cameron starrte ihn unverblümt an. Er lügt, dachte er und sagte: Sie mochten ihn wohl nicht besonders.

Wen?, fragte der Alte erschrocken.

Reinders, den Deutschen. Den Mann, der hier gewohnt hat, der eine Zeitlang ihr Nachbar war.

Ich sagte Ihnen doch, Inspektor, ich habe mich nicht um ihn gekümmert. Ich kümmere mich nur um meinen eigenen Kram.

Und um den in den Dünen, lächelte Cameron.

Der Alte starrte ihn vorwurfsvoll an.

Schon gut, sagte Cameron, wenn ich noch Fragen habe, melde ich mich bei Ihnen. Ach ja, da fällt mir schon eine ein, besitzen Sie ein Boot?

Das habe ich doch schon ihrem Kollegen gesagt.

Und?

Nein, ich besitze kein Boot, wozu sollte ich. Aber vielleicht sollten Sie einmal mit Dave und Catherine sprechen.

Cameron blickte ihn fragend an.

Dave und Catherine Byrne, meinte der Alte, die beiden besitzen auch einen Trailer, gleich da vorne. Sie kennen ... kannten das Mädchen.

Wo finde ich die beiden?

Warten Sie, Inspektor, ich kann Ihnen die Adresse geben.

Der Alte eilte zu seinem Trailer, verschwand darin und kam wenige Augenblicke später eilig wieder heraus.

Verlogener Arschkriecher, dachte Cameron, aus dem bekomme ich erst einmal nichts mehr heraus.

Der Alte gab ihm auf einem handgeschriebenen Zettel die Adresse des Ehepaares.

Derry?

Ja, viele Leute aus Derry kommen hierher. Die machen Urlaub hier. Ist doch besser als anderswo, finden Sie nicht.

Cameron starrte ihn geistesabwesend an. Wie?

Ist doch besser hier als anderswo, wiederholte der Mann, als bei den Italienern, Griechen oder Türken.

Äh ... ich mache nie Urlaub, bemerkte Cameron und ließ den Alten stehen.

Ich auch nicht, rief der Mann ihm nach, warum sollte ich auch von hier weg!

Eine scheiß Strecke ist das, schimpfte Cameron, als er bei Crockaughrim beinahe ein Schaf anfuhr, das mitten auf der engen Straße stand und nur dämlich glotzte, als er angeschossen kam.

Er war froh, bei Moville endlich auf die ausgebaute Küstenstraße zu treffen und nahm den kleinen Umweg dorthin gerne in Kauf. Auf der R238 lief der Verkehr endlich flüssig.

Die höher gelegene Küstenstraße, mit dem Blick auf die gegenüberliegende Küste Nordirlands, erinnerte ihn daran, dass er eigentlich gar nicht in Nordirland ermitteln durfte, ohne die offiziellen Wege einzuhalten.

Aber was war schon eine kleine Befragung, gewissermaßen zwischen Tür und Angel ...

Der Lough Foyle schimmerte metallisch, in einer Mischung aus seegrasgrün und zementgrau. Und wogte dort unten wie eine undurchdringliche Phalanx.

In Muff tankte er und ließ sich einen Kaffee aus dem Automaten. Das Zeug schmeckte grässlich, aber vier Stück Zucker machten so manches erträglich.

Das war es überhaupt, dachte er, weshalb die Zucker-Junkies immer dicker wurden. Sie versüßten sich das Leben mit Zucker. In gewisser Weise gehörte wohl auch er zu ihnen.

Er überquerte den Fluss bei strömendem Regen und fuhr auf der Dungiven Road Richtung Waterside.

In der Rossdowney Road wurde er Zeuge eines Auffahrunfalls und fuhr schleunigst weiter, bevor er noch als Zeuge befragt wurde. Kurz vor dem Shearwater Way klingelte sein Telefon. Doch bevor er es von der Rückbank angeln konnte, wo er es zuvor hingeworfen hatte, war aufgelegt worden.

Scheiße!, brüllte Cameron und schlug aufs Lenkrad.

Im Heron Way verlangsamte er die Geschwindigkeit und suchte anhand der Sammelnummern, die an Mauern angebracht waren, die richtige Einfahrt zu dem taubengrauen, hufeisenförmigen Wohnblock, in dem die Byrnes wohnten.

Er fragte sich, warum die hellen und neueren Gebäude zur Linken, die zurückversetzt am Rande eines Brachlands standen, von Stacheldrahtzäunen umgeben waren.

Wieder so eine hässliche Siedlung, dachte er.

Aber hier wohnten wenigstens nicht die Neureichen oder jene, die sich für ein adrettes Eigenheim verschuldet hatten, nur um dazuzugehören oder irgendeinen falschen Schein zu wahren. Er dachte dabei an Fiona.

Auf dem Brachland lagen, hinter einem maroden Zaun, aufgeschichtete Holzabfälle.

„Zur Mitnahme", stand von Hand auf ein Holzbrett gepinselt.

Ein morsches Fußballtor wies darauf hin, dass dieses Stück Grünland, inmitten der tristen Wohnsiedlung, einmal bessere Zeiten erlebt hatte und von Menschen zu Sinnvollerem genutzt worden war als zum Lagern von Holzabfällen.

Vermutlich hockten die Youngsters jetzt zuhause hinter ihren Spielkonsolen oder jagten lieber durchs Internet, als hier gemeinsam Fußball zu spielen.

Er parkte an einer der Mauern, zur Straße gelegen, unmittelbar am Nummernschild der Wohnblocks 35-46.

Auf dem Display seines Telefons entdeckte er unter „Verpasster Anruf" eine Sligoer Polizeinummer. Er rief zurück, doch niemand nahm ab.

Verdammt, fluchte er, allmählich kotzt es mich an!

Mit zusammengekniffenen Augen suchte er neben den Eingangstüren nach der richtigen Klingel.

Catherine Byrne öffnete ihm.

Sie wunderte sich nicht einmal, dass sie schon wieder wegen Deirdre von der Polizei befragt wurde. Cameron hatte eher den Eindruck, dass sie das ihr entgegengebrachte Interesse sogar genoss.

Cameron, wiederholte sie schmunzelnd seinen Namen, von der Visitenkarte ablesend. Shane? Wie Shane MacGowen von den Pogues?

Ja, bestätigte Cameron gereizt. Wie oft hatte er diese Frage nicht schon gehört ...

Na, dann kommen Sie mal herein, Inspektor Shane Cameron. Tee?, fragte sie und forderte ihn auf, sich zu setzen.

Kaffee wäre mir lieber, ließ Cameron verlauten.

Auch das, lächelte Catherine Byrne und verschwand in der Küche.

Ihr Lächeln kam ihm ein wenig zu vertraut vor. Er empfand die Frau auf eine gewisse Art aufdringlich.

Sooo, flötete sie, als sie mit einer Tasse Kaffee zurückkam und sich neben ihn setzte.

Er bedankte sich und nahm einen kleinen Schluck.

Könnte ich Zucker haben?, fragte er stirnrunzelnd.

Natürlich, bemerkte sie und reichte ihm eine Zuckerdose von einem Sideboard.

Er ließ vier Stück in die Tasse fallen, vergaß aber umzurühren.

Sie verzog das Gesicht.

Ihr Parfüm ist zu schwer, dachte Cameron nach einer Weile und roch am Kaffee.

Ist Ihr Mann auch Zuhause?, fragte er.

Die Frau sank ein wenig in sich zusammen und meinte, dass ihr Mann erst in einer halben Stunde von der Arbeit nach Hause käme.

Na, dann erzählen Sie mir doch einfach, wie gut Sie Deirdre kannten.

Catherine räusperte sich: Nicht sehr gut, würde ich sagen.

Und die Familie?, forschte Cameron, kennen Sie die Familie des Mädchens.

Nein.

Sie lügt, dachte Cameron.

Die Kleine kam ab und zu in die Bucht, hockte am Strand und malte, fuhr Catherine fort, sie war eine Einzelgängerin, schüchtern, scheu, und manchmal auch aggressiv. Sie hat auch schon mal zugeschlagen.

Cameron blickte sie forschend an. Haben Sie es gesehen oder es sich nur erzählen lassen?

Ich habe es mit eigenen Augen gesehen!, fuhr sie empört auf, zuletzt im Mai, als dieser Deutsche aufkreuzte, dessen Trailer einige Zeit später abbrannte.

So? Cameron hob die Augenbrauen.

Ja, die Kleine hat einen Jungen am Strand verprügelt.

Warum?

Ich weiß es nicht, der Deutsche sagte, der Junge habe sie angegrapscht.

Nun, dann hatte er wohl eine Abreibung verdient, meinte Cameron.

Aber doch nicht so, empörte Catherine sich erneut, sie hat dem Jungen die Nase gebrochen.

Inspektor Cameron lächelte.

Finden Sie das etwa lustig, Inspektor?

Ein wenig schon, grinste Cameron.

So, so, bemerkte sie schnippisch.

Und der Deutsche war Zeuge davon?, hakte Cameron nach.

Aber ja, er riss das Mädchen von dem Jungen weg und redete auf sie ein. Tatsächlich beruhigte sie sich irgendwann.

Wissen Sie etwas darüber, weshalb sein Trailer brannte?

Nein, Inspektor, wo denken Sie hin, wir wissen nichts darüber.

Cameron fragte sich, ob sie schon wieder log.

Noch Kaffee?, säuselte sie und legte ihre Hand auf sein Knie.

Cameron überschlug die Beine, sodass ihre Hand herunter rutschte. Nein, danke, sagte er.

Dann vernahm man den Schlüssel im Türschloss. Catherine sprang auf und ließ sich ihm gegenüber in einen Sessel fallen.

Kurz darauf betrat ihr Mann das Wohnzimmer.

Wer sind Sie?, fragte er und ging einen Schritt auf Cameron zu.

Das ist die Polizei, räusperte sich Catherine, verlegen lächelnd.

Cameron fischte seinen Ausweis aus der Jackentasche.

Worum geht es?, wollte Dave Byrne wissen.

Cameron setzte ihn ins Bild. Haben Sie das Mädchen gekannt?

Nein, sagte Byrne, nicht besser als all die anderen in der Bucht.

Kennen Sie die Familie des Mädchens, vielleicht den Vater?

Nein!

Alle lügen sie, dachte Cameron.

Hast du ihm erzählt, wie sie den Jungen vermöbelt hat?, wendete sich Byrne an seine Frau.

Sie nickte.

Ich habe den Burschen zum Arzt gefahren, betonte er prahlerisch, seine Nase war gebrochen.

Und das Mädchen?, fragte Cameron.

Saß bei Catherine im Trailer, bis der Vater sie abholte. So war es doch, Schatz, oder?

So war es, bestätigte Catherine, sie saß nur schweigend da und wartete auf ihren Vater.

Cameron nickte. Wie heißt der Junge, den sie geschlagen hat?

Cillian ... Cillian Murphy, sagte Byrne, er kommt aus Ballygorman.

Na gut, meinte Cameron und erhob sich, danke für den Kaffee. Ach ja, da fällt mir ein, besitzen Sie ein Boot?

Die beiden Eheleute blickten sich fragend an.

Ja, wir haben ein Boot, antwortete Byrne, wieso spielt das eine Rolle?

Was für ein Boot ist es?

Ein kleines Motorboot, grinste Byrne, lässt sich prima damit an der Küste entlang flitzen.

Wo liegt es?

Bei unserem Trailer in der Slievebane Bucht, im Hafen.

Hat noch jemand Zugang zu dem Boot?

Ja ... Conor ... ab und zu, bemerkte Byrne zögerlich.

Sie meinen ihren Nachbarn im Trailer-Park ... den ... Dichter?

Genau den, lächelte Byrne.

Dieser alte Schweinehund, schimpfte Cameron innerlich über den Alten, will mich an der Nase herumführen, erzählt, er habe kein Boot und dabei benutzt er das der Byrnes.

Wo waren sie eigentlich in der Nacht vom zweiten auf den dritten September?, fragte Cameron.

Wollen Sie uns jetzt noch etwas anhängen!, fuhr Byrne auf.

Reine Routine, bemerkte Cameron, doch wenn Sie sich so aufregen, muss ich annehmen, Sie haben etwas zu verbergen.

So ein Blödsinn!, bellte Byrne.

Er war hier bei mir, sagte Catherine und griff nach der Hand ihres Mannes.

Ich habe nach Ihnen beiden gefragt, nicht nur nach Ihrem Mann.

Wir waren beide Zuhause, bestätigte Byrne.

Weshalb wissen Sie das so genau?

Nach unserem Urlaub auf Inishowen Ende August waren wir jeden Abend Zuhause, warf Catherine ein.

Gemeinsam?

Aber ja!

Okay, danke, sollte ich noch Fragen haben, melde ich mich bei Ihnen.

Mehr können wir Ihnen beim nächsten Mal auch nicht erzählen, entgegnete Catherine, Sie brauchen sich also nicht mehr die Mühe machen herzukommen.

Das lassen Sie mal meine Sorge sein, bemerkte Cameron, auf Wiedersehen, ich finde den Weg nach draußen.

Auf der Straße blickte Cameron sich noch einmal um und sah Catherine am Fenster stehen.

Als ihre Blicke sich trafen, trat sie erschrocken zurück.

I Forgot That Love Existed

Es regnete noch immer.

Er stieg in seinen Wagen, schlug die Türe zu, schloss die Augen und atmete tief durch.

Als alle Scheiben beschlagen waren, fühlte er sich wohl. Unbeobachtet. Jetzt hatte er auch Zeit, noch einmal den Kollegen in Sligo anzurufen, der hoffentlich Neuigkeiten von seiner Mum hatte.

Endlich erreichte er ihn.

Der Kollege erklärte, dass er beim Haus der Mutter gewesen sei, dass er vier oder fünf Mal geklingelt, aber niemand geöffnet habe. Er sei sogar in den Garten gegangen und habe nach ihr gerufen, jedoch vergeblich. Auch seien die Fensterläden zum Garten hin geschlossen gewesen.

Verdammt, dachte Cameron, bedankte sich und legte auf.

Sofort wählte er die Nummer seiner Mum. Wieder nahm sie nicht ab. Sollte er eine Einheit hinschicken und die Türe aufbrechen lassen? Oder doch besser nur einen Sergeant mitsamt dem Schlüsseldienst, der die Türe öffnete?

Nein, er musste selbst nach dem Rechten sehen.

Cameron blickte angespannt auf seine Armbanduhr und überschlug die Zeit.

Er überlegte, ob er heute noch fahren sollte.

Die Sorge um seine Mum nagte an ihm. Bei der Aufklärung eines Falles konnte er sich nicht auch noch mit persönlichen Sorgen herumschlagen. Er brauchte einen ruhigen und klaren Kopf. Aber jetzt nach Sligo zurückfahren, mitten in den Ermittlungen, das wollte er ebenso wenig.

Eigentlich sollte er jetzt den Jungen aufsuchen und befragen. Wie hieß er doch gleich? Ach ja, Cillian Murphy. Aus – er überlegte – Ballygorman.

Cameron wollte keine Zeit verlieren, nicht eine Stunde.
Doch verdammt, was war mit seiner Mum?

Hörte sie das Telefon nicht? Die Glocke der Haustüre auch nicht?

Sie konnte ihn doch nicht vergessen haben! Seit zwei Tagen kein Kontakt. Oder waren es etwa schon drei? Er wusste es nicht mehr. Es kam ihm schon viel länger vor. Wie eine gottverdammte Ewigkeit.

Woran lag es bloß? An diesem elenden Meer? Dem ewigen Regen? An dieser trostlosen, gottverlassenen Gegend?

Jesus, was war los mit ihm.

Entweder fuhr er jetzt nach Sligo, um nach seiner Mum zu sehen, oder zurück nach Inishowen, um weiter zu ermitteln.

Er rang mit sich.

Schließlich rief er einen ehemaligen Kollegen an. Eoin, mit dem er sich damals hin und wieder auf ein Bier getroffen hatte. Das lag zwar schon eine ganze Weile zurück, aber mit ihm hatte man wenigstens reden können, ohne nicht gleich kotzen zu müssen wegen irgendwelcher verblödeter Sprüche oder vor lauter Langeweile.

Eoin freute sich, wieder mal von ihm zu hören. Seine Freude wurde jedoch gebremst, als er erfuhr, dass Cameron gerade in Donegal an einem Fall arbeitete, von wo er nicht weg konnte und ihn nun bat, nach seiner Mum zu sehen.

Shane, ich wohne schon lange nicht mehr in Sligo, entgegnete Eoin, ich wohne jetzt draußen in Easky.

Easky, du meine Güte, Eoin, das ist ja am Arsch der Welt.

Aber es ist ein schöner Arsch, lachte Eoin.

Tut mir leid, Eoin, das wusste ich nicht, ich hätte dich sonst nicht damit behelligt.

Du hast ja auch schon eine Ewigkeit nichts mehr von dir hören lassen, Shane.

Ich weiß, ich bin ein treuloser Typ, verzeih, aber ich brauche jetzt deine Hilfe. Du weißt, ich würde dich nicht bitten, wenn es nicht wirklich wichtig wäre.

Du kannst doch eine Streife hinschicken, erwiderte Eoin.

Das hab ich schon, antwortete Cameron, die Gardas haben nichts erreicht, ich mache mir ernsthafte Sorgen, meine Mum reagiert nicht auf meine Anrufe und sie ruft auch nicht bei mir an, was sie sonst immer tut. Ich kann hier nicht weg, Eoin, du würdest mir damit einen großen Gefallen tun. Ich verspreche dir, ich revanchiere mich.

Ist gut, Shane, lenkte Eoin ein, aber dafür schuldest du mir eine Partie Pool. Und ein paar Biere auf die guten alten Zeiten!

Geht klar, Eoin, ich danke dir. Du kennst die Adresse noch?

Ich bin zwar ein paar Jahre älter geworden, aber noch nicht senil.

Alles klar, bitte gib mir sofort Bescheid, wenn du etwas weißt, okay?

Geht klar, Shane. Und dann erzählst du mir von deinem Fall.

In Ordnung. Du hast was gut bei mir!

Schon gut, Shane, wenn ich dir helfen kann ...

Cameron legte auf und dachte an die sogenannten „guten alten Zeiten", von denen Eoin gesprochen hatte. In seinem Leben gab es so etwas wie die guten alten Zeiten nicht. Jedenfalls erinnerte er sich an keine. Wenn er zurückdachte, spürte er nur den Schmerz über den Verlust seines Jungen, der alles, aber auch alles überschattete. Darüber war auch seine Ehe zerbrochen.

In diesen ersten Jahren danach hatte er sich manchmal mit Eoin getroffen. Sie hatten Pool Billard gespielt oder einfach nur ein paar Biere miteinander getrunken.

Maureen hatte ihn darin bestärkt, Kontakt zu Eoin zu halten, wenigstens *einen* sozialen Kontakt zu haben, so etwas wie eine Freundschaft.

Aber es hatte sich irgendwann im Sand verlaufen Wie alles. Wie das ganze Leben.

Seine Ehe mit Madison war so etwas wie eine „Pflicht-Ehe".

Madison wurde schwanger, als sie noch nicht verheiratet waren. Ihre Eltern setzten Himmel und Hölle in Bewegung, damit Cameron ihre Tochter heiratete, zu einer Zeit, als er schon Sergeant war.

Nicht, dass er sie nicht geliebt hätte, aber verrückt nach ihr ist er nie gewesen. Er hat nie für sie gebrannt. Andererseits, musste man das natürlich auch nicht, um zu heiraten. Eine Ehe konnte sich auch von ganz anderen Dingen nähren, aber hilfreich konnte es eben dennoch sein.

Bei Madison und ihm war das jedoch nicht der Fall gewesen.

Dennoch hatten sie sich gut verstanden und bestens arrangiert. Ja, ihre Ehe war so etwas wie ein Arrangement. Nicht wie die Ehe seiner Eltern.

Sein Vater hatte Camerons Mutter auf Händen getragen. Er hatte sie nahezu vergöttert und versucht, ihr jeden Wunsch von den Augen abzulesen. Nur, dass sie keine Wünsche gehabt hatte, außer, dass er sie liebte, und das hatte er bis zu seinem letzten Tag getan, unermüdlich, ungebrochen. Er war ein entflammter Liebender. Noch an seinem letzten Tag.

Sie hatte nach seinem Tod wochenlang geweint. Als sie damit aufhörte, war ihr strahlender Blick stumpf und der Glanz in ihren dunklen Augen verschwunden.

Cameron selbst hatte nie so geliebt.

Vielleicht sogar nie so lieben können. Und heute erst recht nicht mehr.

Wenn seine Augen je ein wenig geglänzt hatten, dann war dieser Glanz wohl mit dem Tod seines Jungen gegangen.

Was solls, sagte er laut, das verdammte Leben wird überschätzt.

Er kramte im Seitenfach eine CD heraus und schob sie in den CD-Spieler.

Er liebte dieses Album. Wie immer, wenn er das Cover anschaute, musste er an die Ähnlichkeit des Interpreten mit dem Schauspieler Jean Louis Trintignant denken, die er allerdings nur auf diesem Cover besaß, nirgendwo sonst. Ein Pop-Album mit einem Instrumentalstück zu beginnen, das hatte schon etwas. Wobei er sich sträubte, diese Musik als Pop zu bezeichnen. Es war eben der große Überbegriff für alles, was man nicht näher definieren konnte, oder wollte. Wie immer machten es sich die meisten Leute zu einfach. Diverse Musikologen bezeichneten sie wiederum als eine Mischung aus Rhythm'n'Blues, Soul, Folk und Jazz.

Wie auch immer, jeder hörte wohl das Seine heraus ...

Cameron war sich sicher, dass Dave und Catherine Byrne, wie fast alle Menschen, Polizisten nicht sonderlich mochten, und er zweifelte, dass sie die Wahrheit gesagt hatten.

Er startete den Motor und fuhr über dieselbe Brücke zurück nach Inishowen, über die er gekommen war. Und wieder nahm er die östliche Küstenstraße, die R238 und bog in Moville ab.

Er überlegte, ob er in Culdaff dem Onkel des Mädchens einen Besuch abstatten sollte, verwarf den Gedanken jedoch wieder und fuhr auf die R242 Richtung Malin. Dort hielt er vor der Garda Station, wies sich aus und erkundigte sich nach Cillian Murphys Adresse.

Der Diensthabende wirkte neugierig, freundlich und gesprächig. Eine Mischung, die Cameron nicht lange ertrug. Er bedankte sich für die genaue Beschreibung und machte sich schleunigst wieder davon.

Aus der Trawbreaga Bucht war das meiste Licht gewichen.

Ein irgendwie schiefer Himmel hing über der Fanad Halbinsel, kratzte an den dortigen Bergen, verfing sich an den Gipfeln und schien nicht mehr von ihnen wegzukommen.

Draußen, über dem Atlantik, schimmerte ein schwaches und trübes Licht hinter dem undurchdringlichen Wolkengrau.

Die Sonne musste schon tief stehen, dachte Cameron.

Für einen Besuch bei dem Jungen reichte die Zeit aber noch. Vielleicht saßen alle gerade beim Abendessen. Er rätselte, ob heutige Familien das Ritual des gemeinsamen Abendessens überhaupt noch zelebrierten oder ob nicht alle stattdessen alleine vor ihren Smartphones, Computern, Fernsehapparaten und Spielekonsolen saßen und dabei vereinsamten und verblödeten.

Cameron fand das Haus der Murphys auf Anhieb. Die Schotterpiste zum Haus ... der lange Stich ... die blauen Fensterläden ... die aufgeschichteten Torfsoden ... die drei Ahornbäume neben dem Haus.

Cillians Vater öffnete ihm die Türe. Ein freundlicher Mann, der sein Mitgefühl für das tote Mädchen und deren Familie bekundete und den Inspektor hereinbat.

Cameron schilderte in wenigen Sätzen den Grund seines Besuches.

Mr. Murphy rief nach seinem Sohn, der oben auf seinem Zimmer hockte und, wie der Vater ärgerlich betonte, noch einmal vor seiner Spielekonsole den Löffel abgeben würde.

Cameron nickte zustimmend.

Cillian kam im Jogging-Anzug missmutig die Treppe herunter.

Polizei?, argwöhnte der Junge.

Es geht um Deirdre, sagte der Vater.

Cillian zuckte zusammen.

Alle standen nun im Hausflur beieinander.

Sollen wir hier ...? fragte Cameron.

Oh, entschuldigen Sie, wandte der Vater ein, tut mir leid, bitte kommen Sie. Er ging voraus in die Küche und bot dem Inspektor einen Sitzplatz am großen Küchentisch an. Tee?, fragte er.

Cameron lehnte dankend ab, fragte auch nicht nach Kaffee. Hier wollte er schnell wieder verschwinden. Er zerbrach sich den Kopf wegen seiner Mum, war ruhelos und gereizt. Außerdem hungrig. Und er hasste es, hungrig zu sein, schon immer.

Ich möchte gerne mit Ihrem Jungen alleine sprechen, sagte Cameron

Der Vater blickte ihn erstaunt an und fragte, ob er das überhaupt dürfe.

Nur, wenn Sie es erlauben, antwortete Cameron und begegnete seinem Blick.

Mr. Murphy dachte einen Moment nach, erhob sich, lächelte seinem Jungen aufmunternd zu und sagte: Du machst das schon, Junge.

Cillian warf seinem Vater einen fast verzweifelten Blick zu, doch der verließ die Küche und schloss die Türe hinter sich.

Wo ist deine Mum, Cillian?, erkundigte sich Cameron.

Arbeiten, sie hat Spätschicht.

Wo arbeitet sie?

Buncrana ... Supermarkt.

Aha. Du weißt, weshalb ich hier bin, Cillian?

Ich denke ... wegen Deirdre ... oder?

Genau. Ihr hattet im Mai einen Streit, ist das richtig?

Ja, antwortete Cillian zögerlich.

Worum ging es da?

Sie hat mir die Nase gebrochen.

Warum?

Weil sie eine verdammte Furie ist ... war!, rief Cillian und sprang auf.

Setz dich, Junge, sagte Cameron.

Cillian schaute betreten und setzte sich wieder.

Ich sag dir was, Cillian, wenn ich das Gefühl habe, dass du mir die Wahrheit sagst, werde ich sehr wahrscheinlich nicht wiederkommen, sofern du nichts mit der Sache zu tun hast.

Aber ich habe nichts damit zu tun, rief der Junge und sprang erneut von seinem Stuhl auf.

Cameron gab ihm mit einem Blick zu verstehen, dass er sich wieder setzen sollte.

Cillian setzte sich.

Also, wie schon gesagt, sofern du nichts mit der Sache zu tun hast, werde ich dich nicht weiter befragen müssen. Aber wenn ich das Gefühl habe, dass du mir nicht die Wahrheit sagst und mir irgendwelchen Unsinn erzählst, dann kann ich extrem ungemütlich werden. Hast du mich verstanden, Junge!

Cillian sank in sich zusammen und nickte.

Gut, sagte Cameron.

Ich frage dich also noch einmal, warum hat sie dir die Nase gebrochen?

Ich ... ich habe ... am Strand ... an ihre Titten gefasst, stammelte Cillian.

Du meinst, an ihre Brüste.

Ja, sag ich doch.

War sie bekleidet?

Cillian riss die Augen auf. Na klar, polterte er, was denken Sie den, Mann!

Bleib ruhig, Junge, meinte Cameron, deine Eltern erfahren nichts davon, niemand, verstehst du das.

Cillian nickte.

Ich will die Wahrheit von dir hören, mehr nicht, aber auch nicht weniger, klar!

Der Junge nickte wieder.

Warum hast du sie angegrapscht?

Ich ... ich ... ich war verknallt in sie.

Woher kanntest du sie?

Hab sie ein paar Mal in der Bucht getroffen.

Slievebane?

Ja ... bei den Mobile Homes.

Sie hat dich abblitzen lassen?

Ja!, eingebildete Kuh.

Vielleicht warst du einfach nicht ihr Typ, das ist alles. Begrapscht man deshalb gleich ein Mädchen?

Cillian zuckte mit den Schultern und schwieg.

War sie mit jemand anderem zusammen?

Nicht, dass ich wüsste, meinte Cillian, das war es ja. Sie hatte keinen von uns.

Was meinst du damit?

Sie interessierte sich nicht für uns, für mich und meine Kumpels.

Sondern?

Wenn man sie anquatschte, schrie sie einen meistens sofort an. Was weiß ich, was mit ihr los war.

Weißt du sonst noch etwas über sie, was mir weiterhelfen könnte?, hakte Cameron nach.

Cillian überlegte. Vielleicht die Sache mit dem Boot, sagte er nach einer Weile.

Boot? Was für ein Boot?

Ja, begann Cillian, es muss im Sommer gewesen sein. Ein paar Kumpels und ich hockten in den Dünen beim Trailer-Park und gaben uns die Kanne. Samstagabend, Sie wissen schon ...

Cameron nickte, schaute ihn erwartungsvoll an und forderte ihn mit einer Geste auf, weiter zu erzählen.

Wir hatten einiges gesoffen, fuhr Cillian fort, ich muss eingeschlafen sein. Als ich aufwachte war ich allein, meine Kumpels hatten mich pennen lassen. Ich hörte draußen den Motor eines Bootes, es war mitten in der Nacht. Dann kam ein Schlauchboot angefahren. Jemand stieg an der Mole aus, ich denke, es war Deirdre.

Bist du sicher, Cillian?, fragte Cameron nervös.
Ja.
Wie kannst du dir sicher sein, ich denke, du warst besoffen. Außerdem war es mitten in der Nacht, wie du sagst. Dann die Entfernung ...
Ich war nicht mehr besoffen, ich hatte doch gepennt, außerdem sehe ich ganz gut, der Hafen ist nicht so weit weg, die Bucht ist klein.
Wie konntest du sie erkennen?
An ihrem Gang, entgegnete Cillian.
An ihrem Gang?
Ja, sie hatte eine ganz bestimmte Art zu gehen.
Was für eine?
Wie eine Katze, erklärte Cillian, sie schlich und schwang die Hüften ohne es zu wollen.
Cameron versuchte sich vorzustellen, wie so etwas aussah.
Du bist dir sicher, dass sie es war?

Na klar, es war Deirdre.
Hast du das Boot erkannt?
Nein, es lag hinter der Hafenmauer, ich habe nur das Schlauchboot gesehen – und sie.
Wo ist Deirdre hingegangen?, fragte Cameron.
Keine Ahnung, ich bin in der Düne geblieben ... bin wieder eingepennt.
Ist das alles, was du mir sagen kannst, Cillian?
Ja, mehr weiß ich nicht, ehrlich.
Dir ist hoffentlich klar, dass ich sonst wiederkomme.
Ja, ist mir klar. Das war wirklich alles, Inspektor, ehrlich.

Wo warst du in der Nacht, als es geschah?, fragte Cameron, es war die Nacht vom ...

Ich war hier, unterbrach ihn Cillian, jeder weiß, wann es passiert ist. Mum war auch da. Sie können sie fragen.
Und dein Dad?
Cillian hob den Blick. Er war ... ich glaube, Dad ist im Pub gewesen.
Besitzt dein Dad ein Boot?
Nein, Dad ist Farmer, er besitzt kein Boot.
Cameron nickte und erhob sich.

Vor dem Haus hantierte Cillians Vater mit irgendwelchen Werkzeugen an einem Anhänger herum.
Während des Gespräches mit dem Jungen war die Dämmerung am Horizont heraufgekrochen.
Es regnete noch immer. Cillians Vater blickte auf.
Alles gut, besten Dank, sagte Cameron und verabschiedete sich. Der Junge hatte die Wahrheit gesagt, dachte er beim Einsteigen in seinen Wagen. Also noch einmal jemand, der Deirdre nachts aus einem Schlauchboot hatte aussteigen sehen. Reinders, der Deutsche, und Cillian hatten unabhängig voneinander dasselbe ausgesagt. Der Verdacht bestätige sich. Sein Magen verkrampfte.
Er dachte an Deirdre und fragte sich, was sie auf diesem Boot oder sonst wo erlebt, ja, möglicherweise durchlitten hatte.

Nachdenklich angelte er sein Telefon aus der Innentasche seiner Lederjacke und sah, dass Eoin noch immer nicht angerufen hatte.
Verdammt!, fluchte er. Von Easky bis Sligo war es doch nicht *so* weit.
Die Sorge um seine Mum setzte ihm zu. Dennoch knurrte sein Magen.
Im Cottage gab es nur Sandwiches. Er verzog das Gesicht bei dem Gedanken daran. Hatte er nicht, als er durch Malin fuhr, das Hinweis-Schild eines Take-Away-Restaurants gesehen?

Er startete den Wagen und fuhr auf der R242 Richtung Malin.

Das Meer in der Trawbreaga Bucht konnte man nur noch erahnen.

Die Dämmerung hatte sich vollends auf die Bucht herabgesenkt. Die Berge Fanads waren verschwunden.

Über die weitläufigen Wiesen kroch ebenfalls die Dunkelheit herauf und schlich stetig näher. Sie verschluckte nach und nach auch die Hügel Inishowens und weichte die Konturen von Gehöften, Häusern und Farmen im Hinterland auf.

Bis sie ganz verschwinden würden und später nur noch an ersten aufflammenden Lichtern in Wohnzimmern, Kinderzimmern oder Küchen auszumachen waren.

Und verdammt, er hatte noch immer nichts von seiner Mum gehört.

Sometimes We Cry

Auf der steinernen Brücke vor Malin kam ihm ein Traktor entgegen. Cameron trat aufs Gas.

Er wäre schneller gewesen, doch der Fahrer des Traktors gab ebenfalls Gas, fuhr auf die Brücke und versperrte ihm den Weg.

Cameron stieg auf die Bremsen und fluchte. Wütend stieß er zurück, fuhr in eine Einfahrt und ließ den Traktor vorbei.

Der Fahrer würdigte Cameron keines Blickes und dröhnte mit seinem Monstrum an ihm vorüber.

Idiot!, fluchte Cameron.

Nach einer Autowerkstatt bog Cameron links ab, schmunzelte wegen einer gelben Telefonzelle, bog erneut links ab und hielt nach einigen Metern direkt vor dem Take-Away-Restaurant.

Obwohl die Fenster seines Wagens geschlossen waren, drang der Geruch von heißem Fett und frittierten Fischen von der Straße zu ihm herein.

Im Take-Away konnte man die Luft schneiden. Cameron bestellte Cod und Chips und eine Cola dazu.

Kommt gleich!, lächelte eine junge, dunkelhäutige Frau, heute zum ersten Mal hier, hab Sie noch nie hier gesehen?

Jesus, diese Freundlichkeit, dachte Cameron und nickte.

Von außerhalb?, forschte sie.

Cameron nickte wieder.

Nicht sehr gesprächig, was?

Wieder nur ein Kopfnicken.

Also, von außerhalb, grinste sie.

Cameron begegnete ihrem Blick.

Es hätte ebenso auch sie treffen können und nicht Deirdre, dachte er in diesem Moment und sagte nur: Sligo.

Oh, raunte sie, tolle Stadt, war ein paar Tage dort ... letztes Jahr.

Cameron runzelte erstaunt die Stirn.

Aber ja, lächelte sie, was schauen Sie so überrascht, ist 'ne tolle Stadt, ehrlich. Hab mich dort tätowieren lassen.

Aha, brummte er, und ... zufrieden damit?

Ja, sehr, sagte sie, schauen Sie! Sie zog den rechten Ärmel ihres groben roten Firmenhemdes nach oben und zeigte ihm den springenden Delfin auf ihrem Unterarm.

Ich bin nicht tätowiert, sagte er und wunderte sich sofort über seine Worte.

Was ging es dieses Mädchen an, ob er tätowiert war oder nicht? Am Ende fühlte sie sich noch bedrängt durch ihn. Jesus, was reimte er sich da wieder zusammen, sie sprachen doch nur über eine Tätowierung.

Sie sind bestimmt auf der Durchreise?, fragte sie neugierig.

Nein, ich ermittle.

Sie starrte ihn fragend an.

Er zeigte ihr Deirdres Foto und fragte, ob sie das Mädchen vielleicht schon einmal gesehen habe.

Ja, ich kenne das Mädchen, erwiderte sie, nachdem sie das Foto eingehend betrachtet hatte. Sie war ein paar Mal hier, im Sommer, hat sich immer 'ne Tüte Chips gekauft, wollte viel Ketchup dazu haben. Was ist mit ihr?

Sicher, dass es dieses Mädchen war?, hakte Cameron nach.

Ja, sie war es.

Weshalb sind Sie da so sicher?

Sie hat meistens mit 'nem großen Geldschein bezahlt, das war irgendwie ungewöhnlich.

War jemand bei ihr?

Nein, sie war immer alleine ... außer ...

Cameron straffte den Rücken. Außer?

Ein Mal wurde sie von einem Mann mit dem Wagen abgeholt, er parkte direkt hier vor der Türe, so wie sie jetzt.

Wie sah er aus?

Keine Ahnung, ich kenne mich nicht mit Autos aus.

Ich meinte, den Mann.

Die junge Frau überlegte. Mitte Dreißig, würde ich sagen, Typ Geschäftsmann, ein bisschen schleimig, finde ich.

Kannten sich die beiden?, forschte Cameron.

Ich glaube, ja.

Sie wissen also nicht, was es für ein Auto war?

Nein, tut mir leid, erwiderte sie, was ist mit dem Mädchen, ist sie verschwunden?

Sie ist tot, sagte Cameron.

Die junge Frau hielt sich die Hand vor den Mund und blickte Cameron erschrocken an.

Was ist mit ihr passiert?

Genau das versuche ich herauszubekommen, antwortete Cameron.

Dann hoffe ich, dass Sie es aufklären können.

Das hoffe ich auch, erwiderte Cameron, der Mann, der sie abgeholt hat, könnte es ihr Vater gewesen sein?

Nein, eher nicht, antwortete die junge Frau kopfschüttelnd. Der Typ verhielt sich anders.

Was meinen Sie?

Na ja … ich weiß auch nicht … anders eben, nicht, wie sich ein richtiger Vater verhält.

Geht es vielleicht etwas genauer, entgegnete Cameron.

Tut mir leid, Sir, was wollen Sie denn wissen?

Schon okay, lenkte Cameron ein, was macht eigentlich mein Essen?

Die junge Frau blickte zu der verdreckten Uhr an der weißgetünchten Wand und meinte: Ist gleich so weit, Mister …

Cameron, sagte der Inspektor, mein Name ist Shane Cameron.

Shane?, lächelte sie, wie der Sänger der …

Jaaa, entgegnete Cameron, verdrehte die Augen und raunte: Wie der Sänger der Pogues.
Cool! Ich liebe Shane. Also, MacGowan, schmunzelte sie. Mein Name ist übrigens Ranjana.

Cameron horchte auf.
Das heißt „Mädchen des Lichts", betonte sie lächelnd und entblößte dabei ein unverschämt strahlend weißes Gebiss.
Aha, schön, murmelte Cameron.
Ich versuche meinem Namen alle Ehre zu machen, betonte sie.
Dürfte kein leichtes Unterfangen sein.
Machen Sie sich über mich lustig, Mister Cameron?
Aber nein!, erwiderte er lächelnd, würde mir nicht im Traum einfallen.
Ranjana schien nachzudenken. Es ging ihr nicht gut, meinte sie nach einer Weile.
Bitte?
Dem Mädchen, sagte Ranjana, ich glaube, es ging ihr nicht gut. Sie hat mich an jemanden erinnert. Die Art, wie sie geschaut hat, ihr Blick.
Was meinen Sie damit?

Ich habe in meiner Heimat Mädchen mit demselben Blick kennengelernt, sagte Ranjana, traurige Mädchen, Mädchen mit einem Schmerz, einem ganz bestimmten Schmerz. Einem, der sich nie wieder heilen lässt, niemals.
Wo war das?, fragte Cameron und schluckte.
In Kalkutta, antwortete sie.
Indien, murmelte er.
Ja, Indien, meine Heimat, bestätigte Ranjana, meine geliebte, verhasste Heimat.
Cameron warf ihr einen fragenden Blick zu.

Ich komme aus einem kleinen Dorf, eine Stunde von Kalkutta entfernt, erzählte Ranjana. Eltern, Familien, haben dort seit jeher immer wieder ihre kleinen Mädchen verkauft. Auch heute noch.

Cameron warf ihr einen ungläubigen, erschrockenen Blick zu.

Verkauft?, fragte er irritiert.

Ja, verkauft.

An wen denn?

An Familien ohne Kind. An Fabriken, wo sie auch wohnen und leben müssen. Oder an Bordelle.

Ein halbes Leben lang benutzt, geschändet, vergewaltigt, missbraucht oder versklavt und zur Arbeit gezwungen.

Jesus!, entfuhr es Cameron.

Nein, der hilft ihnen auch nicht, knurrte Ranjana, Schuld an allem ist der Hundesohn Gandhi.

Cameron erschrak und starrte sie verdutzt an. Gandhi?, räusperte er sich.

Ja, Mahatma Gandhi, begann Ranjana, *sein* Frauenbild hat unser Land geprägt. Noch heute lebt das indische Volk mit dieser schrecklichen Prägung. Seine Schuld ist es, dass Mädchen und Frauen in den Augen der Männer weniger wert sind. Mädchen und Frauen werden vergewaltigt, ohne dass die Vergewaltiger Verfolgung und Strafen zu befürchten hätten. Noch immer gibt es Massenvergewaltigungen, bei denen Mädchen und junge Frauen sterben. Und selbst dann bleiben die Vergewaltiger unbehelligt. Eine fürchterliche Schande ist das! Ich schäme mich für mein Volk. Und ich hasse Gandhi dafür. Wissen Sie, dass sich junge Mädchen nackt neben ihn ins Bett legen mussten, wodurch er seinen sexuellen Trieb ausmerzen wollte. Warum junge Mädchen frage ich Sie. Warum nicht erwachsene Frauen? Sehen Sie, was für ein kranker Mistkerl er war.

Bist du deshalb hier, Ranjana?, räusperte sich Cameron.

Sie blickte ihn vertrauensvoll an. Ja, ich bin geflohen, antwortete sie, hier kann ich leben, aber ich habe meine

Schwester zurückgelassen. Sie hat diesen Schmerz im Blick, in ihrer Seele. Aber ich werde sie zu mir holen, sobald ich genug Geld gespart habe für ihren Flug. So ... ich glaube, Ihr Essen ist fertig.

Sie hob die Siebe heraus. Fisch und Chips glänzten goldbraun vom heißen Fett.

Cameron lief das Wasser im Mund zusammen. Endlich, dachte er, nahm das von ihr verpackte Essen entgegen, bezahlte, verabschiedete sich und ging Richtung Ausgang.

Er ließ reichlich Trinkgeld auf dem Tresen liegen. Sie musste es für ein Versehen halten, so viel war es. So viel, dass es gar nicht mehr für Trinkgeld gehalten werden konnte.

Ihr Geld, Mister Cameron!, rief sie ihm aufgeregt nach.

Trinkgeld, rief er ihr von der Eingangstüre aus zu, für den Flug deiner Schwester.

Sie errötete erschrocken. Aber das geht nicht, das ist doch viel zu viel, Mister Cameron!

Shane, lächelte er, tippte sich an die Baseballmütze und verließ den Laden.

Draußen, im Regen, mitten in der Dunkelheit, im phosphoreszierenden Licht der Leuchtreklame, mit hochgeschlagenem Kragen im böigen Wind stehend, erinnerte er sich an die Worte seines Vaters: „Wenn du gibst, Junge, gib immer gleich, warte nicht auf günstigere Zeiten, auf geeignetere Augenblicke. Gib, wo du helfen kannst, und warte nicht damit."

Sein Vater wäre in diesem Moment stolz auf ihn gewesen. Sein Vater, der etwas von einem barmherzigen Samariter gehabt hatte.

Rasch stieg er in den Wagen, legte die Tüte mit dem Essen auf den Beifahrersitz und zog sein Telefon aus der Jacke.

Keine Nummer auf dem Display.

Verdammt, Eoin, knurrte er.

Jetzt reichte es! Er musste zurück nach Sligo. Musste selbst nach dem Rechten sehen, sonst drehte er noch durch. Eoin, dieser unzuverlässige Kerl, konnte etwas erleben, sich so lange nicht zu melden.

Cameron warf einen letzten Blick durch die verschmutzte Fensterfront ins Innere des Schnellrestaurants und sah Ranjana verdattert hinter dem Tresen stehen, das Geld mit geöffnetem Mund ungläubig anstarrend. Weinte sie etwa?

Für einen kurzen Augenblick lächelte er. Dann startete er den Motor und fuhr los.

Bei Bundoran trank er an einer Tankstelle einen schnellen Kaffee und bemerkte erst beim Einsteigen, dass die Essenstüte noch immer auf dem Beifahrersitz lag. Der Inhalt, kalt geworden und übelriechend. Cameron stieg wieder aus, warf sie in den Müll und kletterte zurück in den Wagen.

Er suchte im Seitenfach nach einer neuen CD, tippte den Song an, den er hören wollte und raste los. Voller Sorge dachte er dabei an seine Mum, fast schon ein wenig panisch, und malte sich schreckliche Szenarien aus.

Gib, dass ich sie gesund antreffe, flüsterte er.

Erneut musste er an seinen Vater denken, an dessen Gutmütigkeit und aufopferungsvolle Liebe. Zu der er selbst nie fähig gewesen war. Es auch nie werden würde, soviel stand fest.

Aus den Trümmern eines einstürzenden Hauses hatten sie seinen Vater geborgen.

Eigentlich noch zu jung, um schon zu sterben. Erst recht nicht durch eine Bombe der verdammten Royalisten, oder doch der Republikaner? Vielleicht einer jener zahlreichen Irrtümer der ebenso blutrünstigen wie kaltblütigen IRA, die wieder mal Katholiken mit Protestanten verwechselte, als der Vater seinen Bruder in Ballymena besucht hatte, drüben in Nordirland.

Zu einer Zeit, als das große Friedensabkommen noch lange nicht geschlossen war. Zu einer Zeit, als sowohl die Royalisten wie auch die Republikaner nicht nur ihre Gegner, sondern auch ihre eigenen Leute grundlos oder aus falschen, verlogenen oder fingierten Gründen töteten. Oder sie bespitzelten, ihnen die Kniescheiben zerschossen, sie verrieten, ausspionierten, oder für fragwürdige Ziele verkauften und an den Feind auslieferten.

Verdammtes Pack, knurrte Cameron, alle, sowohl die einen als auch die anderen.
Viel zu früh hatte er seinen Vater verloren. Umso mehr hing er an seiner Mum.
Ganz gleich, wie alt er selbst schon war. Ganz gleich, wie alt *sie* schon war. Sie war das Einzige an Familie, das er noch hatte.
Madison zählte nicht. Eine Ex-Frau ist keine „Familie". Sie hatte ohnehin längst einen neuen Mann und sogar eine Tochter bekommen. Sie hatte eine neue Familie. Er hatte nur noch seine Mum.
Cameron spürte, dass ihm Tränen übers Gesicht liefen. Er ließ ihnen freien Lauf. Heiß flossen sie über seine Wangen, in seinen wolfsgrauen Bart. Er genoss es sogar. Es tat gut, zu weinen.
Er schluchzte laut, seine Schultern bebten, die Hände zitterten, hielten verkrampft das Lenkrad fest. Im Schutz der Dunkelheit, in der Geborgenheit des Wageninneren zu weinen, tröstete ihn.
Ihn – den Wolf, den Inspektor, den Einzelgänger, den Geschlagenen, den Trotzenden, den Vater, den Sohn.

Plötzlich dachte er an Deirdre, sah ihren toten, verkrümmten, aufgedunsenen, von Fischen angefressenen Körper, hingeschleudert an die schroffen Felsen bei Malin Head.

Er wusste, diese Bilder würde er nie mehr loswerden. In seiner Hosentasche steckte ihr Foto. Er dachte an ihr gezwungenes Lächeln darauf.

Was hatte Ranjana gesagt? Einen Schmerz im Blick, der sich nie wieder heilen lässt.

Und er musste an seinen Jungen denken, den das Meer sich geholt, der ein scheußliches Grab in den Wellen gefunden hatte. Den er nie beerdigen, den er nie auf einem Friedhof besuchen konnte. Den er nie mehr wiedersehen würde. Jesus, wie er ihn vermisste.

Seit Stunden war es nun schon dunkel, prasselte der Regen auf seine Windschutzscheibe und glitzerte in den Scheinwerfern der entgegenkommenden Fahrzeuge.

Das nagende Hungergefühl war längst verschwunden, war einer Übelkeit gewichen, einem leichten Schwindelgefühl, und einer Art Schwermut, die er längst von sich kannte. Nur schon lange nicht mehr in dieser Intensität und Schwere gespürt hatte.

Als sich die Lichter von Grange im Seitenfenster seines Wagens glänzend gegen den Nachthimmel abhoben, klingelte sein Mobiltelefon. Eoins Nummer erschien auf dem Display.

Eoin, verdammt noch mal, knurrte er ins Telefon, weißt du, wie lange ich schon auf deinen Anruf warte!

Tut mir leid, Shane, sagte Eoin, ich hatte einen Unfall mit dem Wagen ... ich ... liege im Krankenhaus. Bin seit 'ner Stunde erst wieder richtig bei mir.

Jesus, Eoin, was ist passiert?

Ein Lastwagen, murmelte Eoin benommen, er hat mir bei Ballysadare die Vorfahrt genommen.

Kriegen sie dich wieder zusammengeflickt?, sorgte sich Cameron.

Ich denke schon, lachte Eoin schmerzverzerrt, wenn nicht, werd ich eben Bürohengst.

Du meinst wohl, Sesselfurzer, scherzte Cameron. Und meine Mum, Eoin, warst du vorher noch bei ihr?

Tut mir leid, Shane, nein.

Schon gut, Eoin, werd erst mal wieder gesund, hörst du!

Ich versuchs, drück mir die Daumen, und alles Gute wegen deiner Mum.

Auf dem Rest der Strecke nach Sligo, die er mit überhöhter Geschwindigkeit zurücklegte, plagte ihn nun auch noch ein schlechtes Gewissen wegen Eoin. Ein Zusammenprall mit einem Lastwagen, Jesus. Er konnte von Glück sagen, dass er noch lebte.

Im Haus brannten keine Lichter, als er ankam, zumindest nicht an der zur Straße gelegenen Vorderseite. Als er das Haus betrat und unter der Wohnzimmertüre Licht sah, rief er laut nach ihr, doch sie gab keine Antwort.

Cameron eilte mit Jacke, Mütze, und ohne die Schuhe auszuziehen (seine Mum hasste das) ins Wohnzimmer. Auf dem Weg dorthin rief er noch einmal nach ihr. Wieder regte sich nichts.

Er riss die Türe auf und erschrak.

Da saß sie, in ihrem Lese-Sessel, am Fenster zum Garten. Sie hatte die Augen geschlossen, war in sich zusammengesunken. Ein Buch lag aufgeschlagen auf ihren Knien. Die Brille war ihr halbwegs von der Nase gerutscht. Ein Arm hing seitlich herab.

Fields *Nocturnes* erklangen leise aus den Lautsprechern, sehr gedämpft. Er wunderte sich, wie seine Mutter, bei ihrer leichten Schwerhörigkeit, die leise Musik überhaupt hatte hören können.

Die Szene erinnerte ihn an manche Tatorte, an die er im Laufe seines Lebens schon gerufen worden war.

Mum, raunte er und hielt den Atem an.

Er trat zu ihr hin. Ihr Brustkorb hob und senkte sich nicht mehr. Sein Magen verkrampfte.

Mum, flüsterte er noch einmal und berührte ihre Schulter. Nichts – sie reagierte nicht.

Er verstärkte den Druck seiner Hand, spürte ihre spitzen Knochen, da schlug sie plötzlich die Augen auf und schnappte erschrocken nach Luft.

Mum, seufzte er erleichtert, Jesus, gehts dir gut, was ist mit dir?

Junge, räusperte sie sich, du hast mich vielleicht erschreckt. Weshalb weckst du mich denn auf! Das kleine Nickerchen tat gut.

Tut mir leid, Mum, ich …

Aber bist du denn schon wieder aus Donegal zurück?, fragte sie erstaunt, hast du den Fall gelöst? Du bist doch gestern erst gegangen.

Cameron blickte sie besorgt an und erwiderte: Gestern? Mum, ich bin schon seit … drei Tagen weg.

Stimmte das überhaupt, fragte er sich.

Es kam ihm komisch vor, dass er selbst nicht einmal mehr wusste, wie lange er tatsächlich weg gewesen war. Was war mit seinem Zeitgefühl passiert?

Seit drei Tagen, krächzte seine Mum, Junge, was erzählst du da schon wieder, willst du mich auf den Arm nehmen?

Mum, sagte er, ich versuche dich seit Tagen zu erreichen, hast du das Telefon nicht läuten hören?

Er setzte sich ihr gegenüber in seinen Lese-Sessel. Daneben, auf dem kleinen runden Beistelltischchen, lag ein Buch mit Haikus. Er warf einen flüchtigen Blick darauf.

Ich habe kein Telefon gehört, sagte sie entrüstet.

Und weshalb hast du mich nicht angerufen, Mum?

Ich habe nicht daran gedacht, Junge, außerdem bist du doch gestern erst gefahren. Was ist los mit dir, warum bist du so komisch? Du beunruhigst mich, Junge.

Aber Mum, setzte er an.

Bring mir eine Tasse Tee, Junge, unterbrach sie ihn, und hör auf, mich solche Dinge zu fragen, ja?

Ist gut, Mum, antwortete er und ging besorgt in die Küche, um ihr Tee zu kochen.

Und gib einen ordentlichen Löffel Honig dazu!, rief sie ihm nach.

Er lächelte.

Was ist mit deinem Fall, Junge?, erkundigte sie sich, als er mit einer dampfenden Tasse Tee zurückkam und sich wieder zu ihr setzte.

Noch nicht gelöst, Mum.

Was machst du dann hier?, argwöhnte sie, denkst du etwa, du kannst mich nicht alleine lassen?

Ich habe mir Sorgen gemacht, Mum, ich habe dich nicht erreicht und du hast dich auch nicht gemeldet.

Jetzt fängst du schon wieder an, solche Dinge zu sagen, Junge, bist du gekommen, um mich zu ärgern?

Mum …

Nichts, Mum, fuhr sie auf und erhob sich, ich möchte zu Bett gehen, lösch die Lichter, bevor du schlafen gehst. Gute Nacht, Junge.

Äh … und dein Tee?

Tee?

Ja, hier, dein Tee, du wolltest doch eine Tasse Tee haben.

Sie hielt einen Moment inne, überlegte, starrte auf die Teetasse und erwiderte: Trink du ihn.

Ich trinke doch keinen Tee, Mum, entgegnete Cameron besorgt.

Das ist ein Fehler, Junge, sagte sie, ein wenig belehrend, im Gehen. Wenn es geht, wecke mich morgen gegen halb acht, fügte sie hinzu, ich habe einen Termin beim Frisör. Ist das in Ordnung, Junge?

Ja, Mum!, rief er ihr erst ein paar Augenblicke später verwirrt nach.

Dann hörte er, wie sie mühsam die Treppe hinaufstieg und leise ihre Schlafzimmertüre schloss.

Noch gut eine Stunde lang saß er sorgenvoll grübelnd da, bis er selbst zu Bett ging und in einen ruhelosen Schlaf voll unangenehmer Träume sank.

Brand New Day

Sie rüttelte ihn wach.

Junge, hab ich dich nicht gebeten, mich zu wecken, und jetzt muss ich *dich* wachrütteln!, fuhr sie ihn an.

Was? Jesus, wie spät ist es denn?, hustete er.

Zu spät, Junge, ich kann dir jetzt kein Frühstück mehr machen, ich muss zu meinem Termin. Und du, musst du nicht mehr nach Donegal zurück?

Doch ... Mum ... natürlich ... ich ...

Na also, Junge, raus aus den Federn und an die Arbeit. Lieb von dir, dass du nach mir geschaut hast. Wäre aber nicht nötig gewesen, ich komme sehr gut ohne dich zurecht.

Dann war sie schon wieder draußen.

Ruf mich bitte täglich an, Mum!

Natürlich, das mach ich doch immer, wandte sie ein.

Er schwieg.

Was macht dein Fall?, rief sie von der Treppe herauf. Er hörte sie bei jeder Stufe ächzen.

Geht voran!

Umso besser, dann bist du hoffentlich bald wieder Zuhause! Ihre Stimme wurde leiser. Kurze Zeit später hörte er sie an der Garderobe herumhantieren.

Sie machte wieder einen ganz aufgeräumten Eindruck, dachte Cameron, aber die Gedächtnislücken und das fehlende Zeitgefühl bereiteten ihm doch etwas Sorge. Er überlegte, ob er deshalb einen Arzt aufsuchen sollte.

Pass auf dich auf, Junge!, rief sie von unten herauf.

Du auch, Mum!, rief er zurück.

Dann hörte er die Türe ins Schloss fallen.

War das ihre normale Stimme?, fragte er sich beunruhigt. Klang sie nicht etwas brüchiger als sonst?

Zitternd vielleicht sogar? Sie wirkte auch gebrechlicher, fand er, auch wenn sie es ihm gegenüber zu verbergen versucht hatte.

Er zog sich an, stieg nach unten, brühte Kaffee auf, aß ein paar Scheiben Soda Bread mit gesalzener Butter und Käse, und stopfte anschließend ausreichend frische Klamotten in eine Reisetasche. Für den Fall, dass er doch länger als erwartet in Donegal bleiben musste.

Nachdem er alle Lichter gelöscht und das Haus verschlossen hatte, ging er zum Nachbarhaus hinüber, überreichte der alleinstehenden Mrs. Kelly seinen Hausschlüssel und bat sie, während seiner Abwesenheit immer wieder mal nach seiner Mutter zu sehen.

Rose Kelly wohnte schon ihr ganzes Leben nebenan in dem Haus, das schon ihren Eltern gehört hatte. Sie kannte Cameron schon seit dem Tag, als seine Eltern mit ihm nach der Entbindung aus dem Krankenhaus gekommen waren.

Seine Mum und Rose verstanden sich gut, wenngleich seine Mum früher behauptet hatte, Rose bilde sich ihr gegenüber (der Engländerin) etwas darauf ein, dass sie Irin sei.

Dennoch hielt sie Rose zugute, dass sie nie politische Ansichten lauthals vertreten hatte, sondern stets gemäßigt geblieben war, auch in den turbulenten, konfliktreichen Zeiten.

Sogar in Zeiten, als Bomben gefallen waren. Und auf beiden Seiten Hass geschürt und genährt und der Tod verbreitet wurde.

Rose hatte sich vorbildlich verhalten. Nach dem Tod von Camerons Vater war sie seiner Mutter tröstend zur Seite gestanden und hatte immer wieder ihre Hilfe angeboten.

Auch jetzt war sie sofort bereit zu helfen und nahm ohne zu zögern den Hausschlüssel entgegen, fragte allerdings verwundert nach dem Grund.

Cameron berichtete besorgt, dass seine Mum sich drei Tage lang nicht bei ihm gemeldet hatte und er sie auch nicht habe erreichen können. Aus diesem Grund habe er seine Dienstreise unterbrochen. Außerdem erzählte er von ihrem verwirrten Geisteszustand am gestrigen Abend.

Rose hörte ihm mit besorgter Miene zu und versicherte, dass sie nach ihr schauen werde.

Mach dir keine Sorgen, Shane, ich gebe auf sie acht, wir beiden alten Damen werden das schon machen, lächelte sie und wollte Zuversicht verbreiten, wofür Cameron ihr dankbar war.

Vielleicht benutzt du beim ersten Besuch nicht gleich den Schlüssel, riet Cameron ihr etwas verlegen.

Glaubst du etwa, ich bin schon verkalkt, Shane, dass du mir diesen Rat geben musst?, ging Rose ihn gespielt pikiert an.

Cameron schmunzelte und bedankte sich noch einmal überschwänglich. Er gab ihr seine Visitenkarte und betonte, sie könne jederzeit anrufen.

Du kannst dich auch bei mir melden, Shane, wenn du deine Mum nicht erreichst!, rief sie ihm nach.

Er warf seine Reisetasche in den Kofferraum und winkte lächelnd.

Nur nicht nach acht Uhr abends, da gehe ich nicht mehr ans Telefon, fügte sie hinzu.

Cameron tippte sich an die Baseballmütze, stieg in seinen Wagen und kramte nach einer CD.

Er spürte Zuversicht.

Es war ein neuer Tag, Rose würde nach seiner Mum sehen, und Ray hielt sich zum Glück noch immer bedeckt und nervte ihn nicht.

Er konnte also alleine und ungestört weiterarbeiten. Sie mussten mit ihm rechnen dort oben in Donegal. Er ließ sich nicht durch all die Lügen blenden.

Wenn dieses Kind umgebracht worden war, würde er den Täter finden. Das war er ihr und seinem Jungen schuldig.

Weshalb seinem Jungen, fragte er sich, was hatte *sein* Tod damit zu tun? Er war nicht eines gewaltsamen Todes gestorben. Auch wenn sein Tod Gewalt über sie alle gebracht hatte.

Wer hatte da Gewalt ausgeübt?

War nicht der Tod eine einzige fürchterliche Gewalt – über den Menschen und das Leben!

Er hielt in Ballyboffey, um drei Becher Kaffee zu trinken. Für die Fahrt kaufte er sich ein Käse-Sandwich. Als er am Nachmittag auf der Halbinsel Inishowen ankam, entschied er sich, Deirdres Onkel in Culdaff aufzusuchen. Er hatte sich die Adresse in seinem Notizbuch notiert. Das Navigationsgerät führt ihn quer über die Halbinsel, auf der R238 nach Culdaff. Ein kleines, aufgeräumtes irisches Städtchen, wie viele andere.

Der Fluss war vom vielen Regen angeschwollen, trat nahe der St. Bodens Terrace beinahe über die Ufer. Cameron hielt ein letztes Mal und trank an der Tankstelle einen weiteren Kaffee.

Am Rand des Städtchens musste er nach rechts auf eine schmale Straße abbiegen, die Cara Bay, eine Sackgasse, eingebettet in eine Wiesenlandschaft mit vielen Büschen und kleinen Hainen.

Eine schmucke Neubausiedlung mit hübschen Ein- und Zweifamilien-Häuschen. Allesamt mit kleinen Vorbauten und roten, blauen und orangefarbenen Türen versehen.

Cameron musste an Ray und Fiona denken und an ihr Häuschen in genau solch einer Siedlung, nur eben in Ramelton. Sie waren austauschbar, diese Auswüchse irischer Architektur für den sogenannten Mittelstand. Kleine Familien mit Geld, oder mit Kreditwürdigkeit.

Die meisten dieser Häuser gehörten doch den Banken. Selbst dann noch, wenn sich die Paare wieder scheiden ließen.

Ich müsste ständig kotzen, wenn ich hier leben würde, dachte Cameron, und wusste doch zugleich, dass es unangebracht und ungerecht war, so zu denken.
Er parkte direkt vor dem Haus. Im Fenster erschien das neugierige Gesicht einer Frau.
Die orangefarbene Haustüre wurde geöffnet und ein Mann erschien im Türrahmen. Seine Körperhaltung drückte Ablehnung aus.
Cameron zog seinen Ausweis heraus und stellte sich vor.
Sind Sie Deirdres Onkel?, erkundigte er sich.

Der Mann bestätigte Deirdres Onkel zu sein und gab Cameron die Hand. Dann schaute er sich mit besorgter Miene nach allen Seiten um und bat den Inspektor hastig hinein.
Das ist meine Frau, Bridget, sagte Brian, als die Frau vom Fenster auf Cameron zuging und ihn ebenfalls begrüßte.
Im Wohnzimmer lief der Fernseher. Zwei kleine Mädchen saßen mit Plüschtieren auf dem Sofa und starrten gebannt ins Fernsehgerät. Sie bekamen nicht einmal mit, dass ein Fremder im Wohnzimmer stand.
Ihre Lieblings-Sendung, bemerkte Bridget verlegen lächelnd.
Ich habe ein paar Fragen an Sie, sagte Cameron, können wir irgendwo in Ruhe sprechen?
Natürlich, entgegnete Brian, kommen Sie, wir setzen uns in die Küche.

Entschuldigen Sie, sagte Cameron, aber ich muss Sie das fragen. Wo waren Sie in der Nacht vom zweiten auf den dritten September, als ihre Nichte ums Leben kam?
Bridget zog betreten ein Taschentuch hervor und schnäuzte sich.

Aber das haben wir doch alles schon Ihrem Kollegen erzählt, warf Brian ein, warum müssen wir das jetzt alles noch einmal durchkauen, sehen Sie nicht, dass es meiner Frau zusetzt.

Tut mir leid, erwiderte Cameron, aber ich ermittle jetzt in dem Fall und ich muss mir mein eigenes Bild machen. Ich bitte Sie also, die Frage zu beantworten. Wo waren Sie in der Nacht vom zweiten auf den dritten September?

Deirdres Onkel wollte aufbrausen, doch Bridget legte ihm beschwichtigend die Hand auf den Arm und hielt ihn zurück.

Ich war hier bei meinen Kindern, erklärte sie, und Brian war auf einem Finanzseminar in Westport.

Cameron wendete sich an Deirdres Onkel: Gibt es dafür Zeugen?

Brian lachte auf: Fünfunddreißig weitere Teilnehmer!

Cameron nickte und blickte Bridget an.

Ich fürchte, ich kann Ihnen nur meine beiden Mädchen als Zeugen nennen ...

Das ist doch lächerlich, fuhr ihr Mann dazwischen.

Nein, warten Sie, warf Bridget ein, ich habe an jenem Abend mit meiner Mutter telefoniert, ja, ich erinnere mich ... es muss so gegen zehn oder halb elf gewesen sein. Außerdem habe ich kein Auto, ich habe keinen Führerschein. Gegen halb zwölf habe ich wie immer eine Schlaftablette genommen, ich schlafe sehr schlecht.

Cameron blickte sie verwundert an und nickte.

Wars das?, fragte Brian.

Geben Sie mir bitte die Adresse in Westport, wo das Seminar stattgefunden hat, forderte Cameron ihn auf.

Die haben wir doch schon Ihrem Kollegen gegeben, Jesus, Sie tauchen hier auf und stellen Fragen, die wir längst beantwortet haben und fügen uns damit aufs Neue Schmerz zu. Haben Sie keinen Anstand?

Bridget versuchte ihren Mann erneut zu beruhigen, doch er wischte ihre Hand von seinem Arm.

Nein, Bridget, lass mich, knurrte er, das muss doch gesagt werden. Ist es nicht schlimm genug, dass die arme Deirdre nicht mehr wiederkommt.

Es tut mir leid, sagte Cameron, bitte entschuldigen Sie.

Ich möchte, dass Sie jetzt gehen, forderte Brian ihn auf.

Ein paar Fragen müssen Sie mir schon noch beantworten, entgegnete Cameron, ich kann Sie auch aufs Präsidium vorladen lassen.

Die Gesichter der beiden erstarrten.

Können wir also unser Gespräch weiterführen, räusperte sich Cameron. Wie war Ihre Beziehung zu Ihrer Nichte?

Sehr gut, bemerkte Bridget, sie war oft hier. Hat auch oft bei uns übernachtet.

So oft nun auch wieder nicht, warf Brian ein.

Warum hat sie das?, fragte Cameron.

Ihr Vater, begann Bridget.

Mein Bruder, also Deirdres Vater, fiel Brian seiner Frau ins Wort, mein Bruder ist nicht mehr derselbe, seit Deirdres Mutter ihn verlassen hat und verschwunden ist. Er ist ... wie soll ich sagen ... gewalttätig. Er trinkt und schlägt gerne zu. Er ist unberechenbar.

Hat er auch Deirdre geschlagen?, fragte Cameron.

Deshalb war sie ja oft bei uns, warf Bridget ein, um ihm und seinen Wutausbrüchen aus dem Weg zu gehen.

Laut ihrer Lehrerin hat Deirdre oft die Schule geschwänzt, bemerkte Cameron, hat sie das auch, wenn sie bei Ihnen war?

Aber nein, erwiderte Bridget, natürlich nicht!

Hören Sie mal, Inspektor, fuhr Brian dazwischen, ich habe Deirdre immer zur Schule gefahren! Brian hatte die Faust geballt und sprach mit ausgestrecktem Zeigefinger, der auf Cameron zeigte.

Natürlich haben wir uns um Deirdre gekümmert, warf Bridget ein, denken Sie etwa, wir haben das auch noch unterstützt.

Wie kam Deirdre zu Ihnen, wenn sie hier übernachtete?
Mit dem Bus, meinte Bridget, oder Brian hat sie abgeholt. Sie lächelte ihren Mann an.
Sie?, fragte Cameron und blickte Brian irritiert an.
Wer denn sonst, erwiderte er gereizt, Bridget kann nicht fahren, oder hätte ich meinen Bruder vielleicht bitten sollen, Deirdre hierher zu fahren, bevor er sie verprügelt.
Bridget schnäuzte sich entschuldigend.
Aus dem Wohnzimmer rief eines der Mädchen nach seiner Mum. Bridget erhob sich und ging, noch immer schnäuzend, hinüber ins Wohnzimmer.

Besitzen Sie ein Boot?, fragte Cameron unvermittelt.
Ja, zusammen mit meinem Bruder, antwortete Brian, es liegt hier, drüben am Bunagee Pier. Es ist die Seagull.
Warum liegt das Boot hier und nicht oben im Malin Hafen?, forschte Cameron.
Es war vor Jahren der Wunsch meines Bruders, dass es hier unten liegen soll. Ich weiß nicht, weshalb. Vielleicht hat er hier leichter einen Anlegeplatz bekommen, das müssen Sie ihn fragen.
Wer benutzt das Boot noch?
Wir alle, meinte Brian, mein Bruder, seine beiden Söhne und ich. Aber warum wollen Sie das wissen?
Routine, meinte Cameron beiläufig, und fragte: Wie war sie so – Deirdre? Er blickte Brian unverwandt an.
Was meinen Sie?
Nun, Sie haben sie oft gefahren, worüber haben Sie mit ihr geredet? Wie war sie so?, hakte Cameron nach.

Sie war schweigsam, murmelte Brian, schüchtern, ein ruhiges, vielleicht etwas verstörtes Mädchen. Nicht verwunderlich bei ihrer Geschichte und diesem Vater. Entschuldigen Sie, aber mein Bruder und ich verstehen uns nicht sehr gut. Er ist ein ungehobelter Mistkerl. Er wusste schon nicht, wie er mit seiner Frau umgehen sollte, und mit seinen Kindern erst recht nicht. Es war unsere Pflicht, Deirdre vor ihm zu beschützen. Die Kleine hatte es gut bei uns.

Was sagte denn Ihr Bruder, wenn Deirdre bei Ihnen war und nicht Zuhause?

Brian lachte bitter auf: Es war ihm scheißegal. Ich glaube, der Mistkerl bemerkte es nicht einmal.

Haben Sie Deirdre gemocht?

Was soll diese Frage?, entrüstete sich Brian.

Eine einfache Frage, denke ich, erwiderte Cameron.

Natürlich habe ich sie gemocht, sie war meine Nichte ... Familie also.

Aha. Sind Sie viel unterwegs, Brian, in Ihrem Beruf?

Brian verzog das Gesicht und murrte: Sie stellen seltsame Fragen, Inspektor ... Er hielt inne und versuchte, sich offenbar an den Namen des Inspektors zu erinnern.

Cameron, sagte der Inspektor.

Natürlich bin ich viel unterwegs, Inspektor Cameron ... in ganz Irland.

Was machen Sie genau?

Ich berate Firmen, antwortete Brian.

Wobei?

Ich helfe Ihnen, effizienter zu sein ... gewinnbringender, so dass sie auf dem inländischen und europäischen Markt wettbewerbsfähig bleiben können.

Beraten Sie sie auch dahingehend, Personal zu entlassen, bestimmte Standorte zu schließen?

Brian legte verwundert die Stirn in Falten. Wenn es ihnen hilft, wettbewerbsfähig zu bleiben, dann ja, antwortete er.

Ein widerlicher Beruf, dachte Cameron und fragte: Sie haben kein Problem damit?

Ein Beruf wie jeder andere, bemerkte Brian eine Spur zu salopp.

Gut, erwiderte Cameron, ich werde Ihr Alibi überprüfen. Sollte ich noch Fragen haben, komme ich auf Sie zurück. Ach so, da fällt mir ein, wären Sie eventuell bereit, eine Speichelprobe abzugeben?
Wie bitte!, rief Brian außer sich. Was soll das! Worum geht es hier überhaupt?
Bridget kam ins Zimmer geeilt und blickte erschrocken von einem zum anderen.
Stell dir vor, er will eine Speichelprobe von mir, fuhr Brian seine Frau an, die sich erstaunt und kopfschüttelnd setzte.
Eine Unverschämtheit, zischte Brian den Inspektor an, werde ich hier jetzt wie ein Verbrecher behandelt? Ich werde mich über Sie beschweren, Inspektor.

Eine reine Formalität, konterte Cameron gelassen, und wusste, dass er zu weit gegangen war. Aber es war seine Absicht gewesen. Er wollte den Mann aus der Reserve locken und provozieren. Wer weiß, welche Fehler er beging, wenn er angegangen wurde, sofern er etwas mit dem Tod des Mädchens zu tun hatte. Das Risiko nahm er gerne in Kauf.
Ich glaube nicht, dass ich das muss, erklärte Brian zornig und erhob sich, und jetzt bitte ich Sie, mein Haus zu verlassen.
Cameron ließ sich hinausbegleiten, wusste aber, dass er wiederkommen würde.

Wenn das Mädchen eines unglücklichen, aber natürlichen Todes gestorben war, riskierte er allenfalls eine Verwarnung. Jedoch wenn nicht, blieb ihm gar nichts anderes übrig, als den Täter erst einmal innerhalb der Familie zu suchen. Denn in den meisten Fällen war es jemand aus der Fa-

milie, wenn es um Missbrauch ging, so traurig und schrecklich das auch war.

Aber ging es denn überhaupt um Missbrauch?, fragte er
sich, als er auf die Bunagee Road Richtung Pier abbog.

Nur, weil Reinders, der Deutsche, es geäußert hatte? Wegen
Ranjanas Worten oder ihrem Blick dabei?

Oder wegen des vermeintlichen Selbstmordversuches des
Mädchens?

Sie konnte es auch aus Liebeskummer getan haben. Oder
aus Verzweiflung. Ihr Leben schien traurig genug gewesen
zu sein. Wie kam er also darauf? Wegen der Mischung aus
Alkohol und Diazepam in ihrem Blut? Jemand konnte es ihr
absichtlich untergejubelt haben, um mit ihr zu schlafen. Ein
Junge ihres Alters. Cillian etwa.

Vielleicht sollte er sich den Jungen noch einmal vorknöpfen.

Es begann wieder zu regnen.

Heftiger Wind kam auf, Cameron musste regelrecht gegen-
steuern. Über den Hügeln am Horizont fiel der Regen in
breiten Schleiern aus schiefergrauen Wolkenmassen.

Er war froh, wieder in seinem Wagen zu sitzen. Froh, Brian
und Bridget nicht mehr befragen zu müssen, und froh, diese
Neubausiedlung hinter sich gelassen zu haben sowie auch
Culdaff.

Hinter all diesen Fenstern und Türen witterte er Lügen, Ei-
fersucht, Trinksucht, Intrigen, Neid, Gewalt, Misshandlung,
Missbrauch, Verbrechen und Mord.

Und oft genug traf es auch zu.

Die bisher durch Hecken eingesäumte, schmal wirkende
Straße, öffnete sich scheinbar mit der Landschaft. Weite
Wiesen tauchten auf, breite Täler, hinaufgeschwungen zu
weitläufigen Hügeln. Ein Meer aus Grüntönen und rostigem
Braun.

Er atmete tief durch, als zur Linken auch keine Cottages und Bungalows mehr zu sehen waren.

Inishowen war eine Halbinsel von großem Ausmaß und sie wirkte wie weites, unberührtes Land.

Cameron war erstaunt, wie viel es hier davon gab.

Fast hätte er die Abzweigung verpasst, das Hinweisschild zum Pier übersehen. Wenig später erschien im rechten Seitenfenster eine Bucht, oxydgrünes Meer, ein Sandstrand.

In der Nähe des Piers erhoben sich kleinere Hügel, auf denen eine Handvoll Häuser über die Bucht blickte.

Hier konnte man nicht viel im Verborgenen tun, dachte Cameron. Ein Mann und ein Kind, die regelmäßig ein Boot bestiegen, wurden hier gesehen und wären bestimmt aufgefallen.

Schon von weitem entdeckte er die Seagull. Sie lag an Land, auf einem Bootsanhänger. Ein rotweißer Bootsbauch, der Name in großen blauen Lettern.

Am Liebsten hätte er das Boot inspiziert, aber dafür bräuchte er einen Beschluss.

Rays Meinung dazu fiel ihm ein.

Ray, dachte Cameron, schien ein abgeklärter und abgestumpfter Bulle geworden zu sein. Vielleicht schielte er aber auch nur nach einem höheren Posten. Ray war schon damals, auf der Polizeischule, ein Karrierist gewesen.

Was war schon ein totes kleines Mädchen, das vielleicht, wie man annahm, betrunken von einer Kaimauer gefallen und ertrunken war, gegen eine ermordete Kommunalpolitikerin.

Vielleicht hatte Ray gar kein Interesse an diesem unliebsamen Fall, sagte sich Cameron, und hatte ihn deshalb an ihn weitergereicht. Aber warum gerade an ihn?

Wollte Ray ihn auflaufen lassen? Irgendeine alte Rechnung begleichen? Diesem Kerl wäre das zuzutrauen.

Cameron brach vor Wut der Schweiß aus.

Ray schob ihm vielleicht nur den Schwarzen Peter zu, dachte er, einen Fall, an dem es möglicherweise gar nichts zu lösen gab, der unaufgeklärt blieb.

Ein unaufgeklärter Kindstod, das machte sich nicht gut in der Vita. Und sollte er ihn wider erwarten doch aufklären, würde Ray es sicherlich so hindrehen, selbst dafür die Lorbeeren einzuheimsen. Schließlich war das hier nicht einmal sein Distrikt.

Aber warum sollte Ray das tun? Hasste er ihn etwa? Konnte man Ray überhaupt Derartiges zutrauen? Warum nicht. Oder war es vielleicht sogar Fionas Idee gewesen?

Fiona hingegen traute er alles zu, zweifellos.

Reiß dich zusammen, Shane, sagte Cameron laut zu sich selbst und stieg aus.

Neben der Seagull machte sich ein Fischer im langen glänzenden Regenmantel und Regenhut an seinem Boot zu schaffen.

Cameron las den Namen des Bootes und schmunzelte. Das etwas heruntergekommene, verrostete Boot hieß Irelands Pride. Der Fischer schaute von seiner Arbeit auf.

Cameron grüßte ihn und wies sich aus. Kennen Sie den Besitzer dieses Bootes, fragte er, auf die Seagull deutend.

Ja, antwortete der Mann argwöhnisch, Brian und Aidan, die beiden Brüder.

Und kennen Sie auch Aidans Tochter, Deirdre?

Natürlich, betonte der Fischer und bekreuzigte sich, Gott hab sie selig.

Haben Sie das Mädchen auch einmal mit einem dieser Männer an Bord gehen sehen?

Der Fischer blickte ihn verdutzt an. Na klar, bestätigte der Mann, mit allen, ihrem Vater, mit Brian, auch mit Mike, ihrem Bruder.

Alleine? Ich meine, ging sie alleine mit einem der Männer an Bord?

Aber ja, entgegnete der Mann, warum auch nicht, es ist doch *eine* Familie.

Ich frage Sie noch einmal. Ging das Mädchen jemals sowohl mit ihrem Onkel oder Vater als auch mit ihrem Bruder alleine an Bord?

Ja.

Wie oft?

Das kann ich nicht genau sagen, ich bin ja nicht täglich hier, entgegnete er. Dem Mann war diese Befragung sichtlich unangenehm. Nicht sehr oft, fügte er hinzu, vielleicht ein, zwei Mal ... die Familie ist nicht mehr so oft mit dem Boot unterwegs. Meistens fährt Mike noch raus.

Alleine?

Ja. Oder mit irgendwelchen Kumpels. Weiß der Himmel, was die Jungs da draußen treiben.

Haben Sie das Boot auch in der Nacht vom zweiten auf den dritten September hinausfahren hören oder vielleicht sogar gesehen?, fragte Cameron.

War das die Nacht, in der ...?

Ja. Und, haben Sie etwas gehört oder gesehen?

Der Mann überlegte und erklärte dann, dass er in jener Woche im Krankenhaus in Letterkenny gewesen sei – die Prostata.

Und ihre Frau?

Der Mann senkte den Blick und meinte, dass er keine Frau mehr habe.

Cameron bedankte und verabschiedete sich.

Er erklomm den kleinen Hügel, nahe am Pier, der zu einer Handvoll Cottages führte und erkundigte sich bei den Bewohnern, ob jemand in dieser Nacht die Seagull ablegen oder hereinkommen gesehen hatte. Doch niemand erinnerte sich.

Ein älterer Herr, ehemals Fischer, erklärte mit einer dampfenden Teetasse in der Hand, es komme öfter vor, dass Boote auch nachts ablegen oder hereinkommen. Er achte längst nicht mehr darauf. Erst recht nicht, seit der Bruder des verstorbenen Mädchens mit seinen Freunden immer mal wieder hinausfahre, gerade nachts. Er wolle gar nicht wissen, was die Burschen da draußen treiben. Es ginge ihn ja auch nichts an. Natürlich habe er auch die Kleine ab und zu gesehen, sowohl mit ihrem Vater als auch mit ihrem Bruder oder ihrem Onkel. Mehr könne er nicht sagen, schloss er.

Cameron fuhr zurück nach Culdaff.
Am Craft Shop sah er Bridget, überlegte einen Moment, anzuhalten, entschloss sich aber, nach Malin zu fahren. Er hatte Hunger. Cod und Chips wären jetzt genau das Richtige.
Er parkte vor dem Take-Away-Restaurant, ging eilig hinein und verspürte zum Hunger, was ihn verwunderte, noch eine gewisse Vorfreude.
Aber hinter dem Tresen arbeitete an diesem Abend nicht Ranjana, sondern ein milchgesichtiger junger Bursche mit Sommersprossen und roten Locken.
Cameron bestellte und überlegte, ob er sich nach Ranjana erkundigen sollte.
Wird heute ihren freien Tag haben, sagte er sich, nahm die Fish'n'Chip Tüte entgegen, setzte sich in seinen Wagen und begann zu essen.

Jemand klopfte an die Scheibe. Er fuhr erschrocken herum.
Ranjana stand neben seinem Wagen und wies ihn lächelnd darauf hin, dass sie im Take-Away Tische und Stühle hätten.
Cameron erklärte etwas verlegen, dass er ganz gerne alleine esse.
Na dann, meinte Ranjana, guten Appetit und schönen Abend. Sie winkte und ging hinüber auf die andere Straßenseite.

Er schaute ihr im Rückspiegel nach und bedauerte, dass sie nicht noch etwas länger geblieben war. Gleichzeitig wollte er den Gedanken verdrängen, dass ihre Gesellschaft, ihre freche Art und ihr Lächeln ihm gut getan hätten. Ein paar Takte mit jemandem reden, der nichts mit dem Fall zu tun hatte, das hätte ein wenig Ablenkung verschafft.

Verfluchte Einsamkeit, dachte er und fuhr hinaus aus Malin auf die R242 Richtung Norden.
Am Horizont schob sich die Dämmerung herauf. Über dem Meer lag nur noch wenig Licht. Es verschwand allmählich in der sich anbahnenden Nacht.
Dadurch erhoben sich die Berge, auf diesem Teil der Strecke Richtung Norden, nun noch dunkler und mächtiger als bei Tageslicht. Als breiteten sie große Schatten über das Land aus, das sich in braungrüngefleckte einsame Weiten verlor.

Der Friedhof war nicht einmal ausgeschildert, nur der Five Finger Strand.
Doch Cameron erkannte die weiße Kapelle mit der weißgetünchten Friedhofsmauer, nahe am Ufer, etwas erhöht gelegen, die sich hell gegen den dunklen Hügel in ihrem Rücken abzeichnete. Auch einzelne grauweiße Hochkreuze waren auszumachen.
Als er vor der Friedhofsmauer parkte, ausstieg und die Türe seines Wagens schloss, vernahm er vom Strand her, der allerdings noch ein gutes Stück entfernt lag, leises Brandungsgeräusch und verzog angewidert das Gesicht. Heftige Westwinde trieben den Regen flach ins Land.
Cameron war sofort klatschnass.

Fluchend schlug er den Jackenkragen hoch, zog die Baseballmütze tiefer ins Gesicht, betrat durch das eiserne Gatter den Friedhof und schritt suchend die Gräber ab. Es gab keine anderen Friedhofsbesucher, er war ganz alleine hier draußen. Nur er, die Gräber, und der Tod.

Vom höher gelegenen Friedhofshügel hatte man einen unverstellten Blick über das weite, einsame Land, das von Bergen eingerahmt nur zur Seeseite hin offen lag.

Cameron musste nicht lange suchen. Er fand ihr Grab, nahe der Friedhofsmauer, mit frischen vom starken Regen plattgedrückten Blumen geschmückt. Lange stand er schweigend davor.

Der Regen floss ihm in den Jackenkragen.

Hier draußen hatten sie sie also zur ewigen Ruhe gebettet. Zwischen die Gebeine längst verstorbener, zwischen Hochkreuze und alte verwitterte Grabsteine. Er wünschte sich, dass sie hier nun wirklich ihre Ruhe fand, hier draußen, wo es nur Wind, Wiesen, Hügel und Himmel gab.

Ich werde deinen Mörder finden, sagte er.

Er sprach laut, so als müsse er gegen Wind und Regen ansprechen. Als ob sie ihn dann hören könnte. Dabei las er immer wieder ihren Namen auf dem Grabstein und sprach ihn wie ein Mantra laut aus.

Wie jung sie doch war, dachte Cameron deprimiert und zugleich wütend.

Ich verspreche dir, ich werde ihn finden, wiederholte er.

Ihn schwindelte leicht, Gedanken strömten auf ihn ein, wirbelten in seinem Kopf umher. Das reinste Karussell ... sein Junge, Madison (wieso Madison, fragte er sich) seine Mum, wieder sein Junge, die Fotos der toten, entstellten Deirdre, die lächelnde Ranjana, Rose, ein grinsender Ray, Eoin in einem weißen Krankenhauskittel, der rauchende Superintendent, eine keifende Fiona. Er erinnerte sich auch, wie sie damals mit der Zunge geküsst hatte und vertrieb den Gedanken daran sofort wieder.

Er dachte an all die Menschen, mit denen er hier auf Inishowen gesprochen und die er befragt hatte. Plötzlich sein verstorbener Dad, lachend am Küchentisch – und wieder sein Junge ...

Camerons Knie gaben nach. Er kippte ein wenig zur Seite und stützte sich an der Friedhofsmauer ab. Kurz darauf rappelte er sich wieder auf und verließ schleunigst den Friedhof, eilte zu seinem Wagen und fuhr zurück auf die R242. Er wollte nur noch in sein Cottage. Vielleicht noch einen Whiskey ...

Dort angekommen trat er vor die Kommode, auf der noch immer die ungeöffneten Whiskey-Flaschen standen und ekelte sich plötzlich vor ihnen.

Er ging ins Badezimmer, ließ warmes Wasser in die Wanne, goss von seinem Lieblings-Duschgel so viel hinein, bis es ordentlich schäumte, zog die nassen Klamotten aus, warf sie auf den Badezimmerboden und stieg erleichtert seufzend in die Wanne.

Die Welt kann mich mal, dachte er, schloss die Augen und holte tief Luft.

Dann tauchte er unter.

Am nächsten Morgen saß Cameron mit seiner zweiten Tasse Kaffee auf dem Sofa und starrte auf die Fotos von Deirdres Leichnam, die noch immer verteilt auf dem Wohnzimmertisch lagen, als sein Telefon klingelte.

Es war Ray. Cameron nahm den Anruf nicht entgegen.

Stattdessen rief er seine Mum an, die abnahm und zu seiner Erleichterung wieder wie immer klang. Sie wünschte ihm noch einen schönen Tag, bevor sie auflegte.

Schmunzelnd schüttelte er den Kopf. Was glaubte sie denn, etwa, dass er hier oben in Donegal zu seinem Vergnügen wäre? Er bestrich ein paar Brote mit Schoko-Aufstrich, trank die dritte Tasse Kaffee und überlegte, wie er heute vorgehen wollte.

Er sollte mit Deirdres Vater beginnen. Und er musste auch mit ihrem Bruder sprechen.

Mitten in seine Überlegungen hinein, rief seine Mum an. Junge, begann sie, ich wollte dir noch sagen, dass du genügend essen sollst, du hast ganz abgemagert ausgesehen.

Abgemagert?, prustete Cameron, Mum, ich bitte dich, ein paar Pfunde weniger wären doch gar nicht so schlecht.

Bleib nicht so lange weg, sagt sie, du wirst mir sonst noch krank, wenn du ständig zu wenig isst. Hast du jemanden, der für dich kocht?

Ich koche selbst, Mum!

Du?

Mach dir keine Sorgen, Mum, du wirst mich schon noch erkennen, wenn ich wieder nach Hause komme.

Dass er sich mit Fast Food durchschlug, durfte er ihr nicht erzählen, sie hasste „diesen Fraß".

Cameron wusste, seine Mum wäre imstande, sich von jemandem nach Donegal fahren zu lassen, nur um täglich für ihn zu kochen, wenn sie erführe, dass er sich von Sandwiches, Schokoladen-Aufstrich und Fish'n'Chip ernährte.

Zu guter Letzt ließ sie sich beruhigen, jedoch nicht ohne ihn zu ermahnen, er solle nicht so viel trinken, womit sie natürlich Whiskey meinte.

Dass er bis jetzt noch gar nichts getrunken habe, nahm sie nur ungläubig lachend zur Kenntnis und rügte ihn, dass er sie, seine durchaus betagte Mutter, eigentlich nicht mehr wegen derlei Dingen anlügen müsse. Er versprach hoch und heilig, die Wahrheit zu sagen.

Du weißt doch, Junge, erwiderte sie schulmeisterlich, euer „Ja" sei ein Ja, euer „Nein" sei ein Nein.

Eben, Mum, entgegnete er.

Na, dann ist es ja gut, sagte sie, gab ihm einen mütterlichen Kuss durchs Telefon und verabschiedete sich.

Grinsend legte er auf, erfreut über ihre wieder hergestellte mentale Verfassung.

Zur Abwechslung regnete es einmal nicht, als er das Haus verließ.

Das Meer lag ungewöhnlich ruhig. Am Pier tobten keine Wellen. Kaum Brandung.

Es stank nach vergammelten Algen und toten Fischen.

Auch das war ein Grund, weshalb er das Meer hasste. Wegen seinen Auswürfen, seinem natürlichen Abfall, seinem Gestank, vor allem bei Ebbe, wenn es aus den Buchten zurückwich und allerlei Tod und Verwesung zurückließ.

Er schob eine neue CD ein, startete den Wagen und hoffte, alle Familienmitglieder anzutreffen. Früh genug war es ja noch.

Als er den langen Stich zu der kleinen Farm entlang fuhr, die sich wie ängstlich an die Ausläufer eines rostbraunen Hügels schmiegte, spürte er, wie sein Blutdruck in die Höhe schoss. Wie es gegen die rechte Schläfe pochte. Vor diesem Gespräch, dieser Begegnung, graute es ihm.

In einer Garage, etwas abseits vom Wohnhaus, ragten die Beine eines jungen Mannes unter einem aufgebockten alten Auto hervor. Die Jeans, die er trug, war fleckig vom Motorenöl. Die längst nicht mehr weißen Turnschuhe wiesen Löcher und ebenfalls allerhand Schmutz- und Ölflecken auf.

Cameron parkte seitlich an einem Gatter und ging zu dem Jungen, der nun unter dem Wagen hervorgekrochen kam, und wies sich aus.

Der Junge starrte auf den Dienstausweis des Inspektors und grinste: Shane? Wie Shane ...

Genau, unterbrach Cameron mit unbeweglicher Miene, ich bin auch deinetwegen hier, Junge, es gibt also keinen Grund zu grinsen. Bist du Deirdres Bruder, Mike?

Er nickte erschrocken. Cameron bekundete sein Beileid.

Der Junge senkte schweigend den Blick.

Du ... bist also Mike, murmelte Cameron bedeutungsvoll.

Auf diese Weise versuchte er manchmal sein Gegenüber zu verunsichern. Hier schien er damit Erfolg zu haben, Deirdres Bruder wirkte eingeschüchtert.

Ich habe gehört, begann Cameron, du fährst des öfteren mit eurem Boot hinaus?

Mike errötete. Manchmal, stammelte er.

Mit deinen Kumpels?

Ja, auch.

Zum Kiffen?

Der Junge blickte ihn erschrocken an.

Schon gut, bemerkte Cameron, deshalb bin ich nicht da. Warst du auch mit Deirdre draußen?

Ein oder zwei Mal, antwortete er zögerlich.

Warum?

Wollten 'nen Ausflug machen ... Deirdre liebte das Meer.

Und du?

Mike zuckte mit den Achseln.

Habt ihr euch gut verstanden, du und deine Schwester?
Mike nickte.
Bist du immer so gesprächig?
Wer redet schon gern mit den Bullen, brummte Mike schnoddrig.
Ist wohl so, räumte Cameron ein. Hatte Deirdre 'nen Freund?
Mike straffte die Schultern, warf Cameron einen vorwurfsvollen Blick zu und bellte: Natürlich nicht, sie war erst zwölf. Hätte ihr was erzählt, wenn sie sich von irgend so 'nem Arschloch hätte abknutschen lassen ... sie war meine kleine Schwester. In seinen Augen funkelten Zorn, Enttäuschung und Traurigkeit. In seinem Blick gab es etwas Wildes.
Der könnte schon mal die Beherrschung verlieren, dachte Cameron und fragte: Hat Deirdre Alkohol getrunken? Vielleicht mit dir zusammen, draußen auf dem Boot?
Was!, rief Mike aufgebracht, Sie sind wohl bescheuert, so etwas hätte ich nie zugelassen.
Nicht im Ton vergreifen, Junge, ermahnte Cameron ihn, wo warst du in jener Nacht, als es passierte?

Mike starrte Cameron feindselig an und meinte nur:
Buncrana ... haben 'ne Tour durch die Pubs gemacht.
Wer?
Meine Kumpels und ich.
Etwa die ganze Nacht?
Denke schon ... war stockbesoffen, kam erst am nächsten Morgen heim, hab bei Luke gepennt.
Ich denke, Luke wird das bezeugen können?
Denke schon, er war nicht ganz so besoffen, seine Mum macht ihm immer die Hölle heiß, wirft ihn sonst zuhause raus, wenn er zu viel säuft.

Cameron schmunzelte, ließ sich Lukes vollständigen Namen und Adresse geben und notierte sie in seinem Notizbuch.

Was soll das werden?, knurrte Mikes Vater, der sich breitbeinig hinter ihnen aufgebaut hatte.
Cameron zeigte ihm seinen Ausweis und bekundete tiefes Mitgefühl über den Verlust der Tochter.
Der Vater nickte nur und sagte: Ich möchte, dass Sie meinen Sohn in Ruhe lassen. Dürfen Sie ihn überhaupt vernehmen, ohne mich?
Das ist nur eine Befragung, erwiderte Cameron.
Auch das möchte ich nicht! Mike, geh ins Haus. Er fixierte Cameron noch immer mit starrem Blick, während er mit seinem Sohn sprach.
Mike legte sofort den Schraubenschlüssel weg und eilte mit gesenktem Blick an Cameron vorbei, quer über den Hof, und verschwand im Haus.
Der Junge spurt, dachte Cameron, das erreichen Väter wie dieser hier meistens mit Gewalt, nicht mit Liebe.

Mister …? begann Cameron.
Aidan, sagte Deirdres Vater, nennen Sie mich ruhig beim Vornamen, brechen Sie sich nicht die Zunge ab vor lauter falscher Höflichkeit, das passt nicht zu Ihnen.
Cameron räusperte sich. Er glaubte, sich zu erinnern, dass Deirdres Vater der Mann war, der ihm mit seinem Traktor an der Brücke vor Malin die Vorfahrt genommen hatte.
Tut mir leid … Aidan … ich muss Ihnen leider ein paar Fragen stellen.
Deirdres Vater ging an Cameron vorbei in die Werkstatt. Cameron folgte ihm.
Drinnen roch es stark nach Motorenöl, Benzin, und (Cameron war sich nicht ganz sicher) nach Urin. Vielleicht hatte ein Hund oder eine Katze irgendwo hingepisst, dachte er naserümpfend.

Was wollen Sie noch?, fragte Deirdres Vater gereizt. Wollen Sie mir etwa die gleichen Fragen stellen, wie dieser andere windige Bulle, der vor einiger Zeit hier gewesen ist?

Cameron wusste, dass er sich nicht provozieren lassen durfte. Immerhin war dies der Vater eines zu Tode gekommenen Kindes, auch wenn er keine Manieren hatte. Aber vielleicht auch gerade deshalb.

Cameron wusste nur zu gut, was dies in einem zerstören konnte.

Trotz der angespannten Stimmung entschied sich Cameron, gleich mit der Türe ins Haus zu fallen: Sie haben keine Vermissten-Anzeige wegen ihrer Tochter aufgegeben, als sie verschwunden war, warum nicht?

Hab es nicht bemerkt, murmelte Deirdres Vater.

Sie haben nicht bemerkt, dass ihre Tochter zwei Tage nicht Zuhause war?, entrüstete sich Cameron.

Kam öfter vor ...

Wo war ihre Tochter denn, wenn sie zwei Tage lang weg war?

Sagte, sie übernachtet bei Freundinnen.

Deirdres Vater räumte missmutig und lärmend die herumliegenden Werkzeuge auf.

Und das haben Sie ihr geglaubt?

Wollen Sie behaupten, meine Tochter war eine Lügnerin?

Kinder sagen oft die Unwahrheit, wenn es um ihre Geheimnisse geht ... sie schützen ihre Welt.

Meine Tochter hatte keine Geheimnisse, bellte Aidan.

Das denken wohl alle Eltern.

Sie denken, ich habe meine Tochter nicht gekannt?, fuhr Aidan auf und machte einen Schritt auf Cameron zu.

Hatten Sie keine Geheimnisse als Kind?

Meine Tochter war ein gutes Mädchen, zischte Aidan.

Aber ja, warf Cameron beschwichtigend ein, etwas anderes habe ich auch nicht behauptet. Warum haben Sie dann zwei Tage nicht bemerkt, dass Deirdre nicht Zuhause war?

Hatte zu tun in Dungloe, wollte 'nen neuen Traktor kaufen, hab dort übernachtet.
Warum?
War abends zu lange im Pub, war'n paar Biere zu viel.
Wo haben Sie übernachtet?
Bei meinem Vetter. Das hab ich aber dem anderen Bullen alles schon erzählt. Sie können es nachprüfen.
Was war dann?
Was und dann ... als ich am nächsten Abend nach Hause kam, war Deirdre nicht da, dachte, sie übernachtet bei 'ner Freundin. Als sie am nächsten Tag noch immer nicht da war, hat Mike erzählt, dass sie schon die ganze Zeit fehlte.
Und er hat sich auch keine Sorgen gemacht?
Weiß ich nicht.

Ihnen ist bewusst, dass es im Mai eine Anzeige wegen Kindesvernachlässigung gegen Sie gegeben hat, wandte Cameron cin.
Aidan fuhr ihn wütend an: Alles Blödsinn! Dieser deutsche Schwachkopf hat überreagiert. Hat sich in Dinge eingemischt, die ihn einen Scheiß angehen. Die haben nichts gegen mich gefunden.
Haben Sie ihn deshalb niedergeschlagen?, wollte Cameron wissen.
Aidan blickte Cameron wütend an. Hab ihm nur eine verpasst ... wegen seiner großen Schnauze.
Und sein Trailer ... der Brand, forschte Cameron, waren das auch Sie?
Sie sind wohl nicht ganz bei Trost, brauste Aidan erneut auf, ich zünde doch keine Trailer an. Was kann ich dafür, wenn dieser Idiot vergisst, seine Kochplatte abzuschalten!

Cameron versuchte beherrscht zu bleiben, aber dieser versoffene Farmer in seinen verdreckten Gummistiefeln und dem groben Gesicht, seiner feindseligen Haltung und dem üblen Mundgeruch, machte es ihm nicht leicht.

Überhaupt war hier alles verwahrlost. Cameron wunderte es nicht, dass diesem Typen die Frau weggelaufen war. (So wie ihm selbst, wenn er ehrlich war.)

Gerade deshalb sollte er nicht über ihn urteilen.

Cameron musste sich in Erinnerung rufen, dass der Mann seine Tochter verloren hatte und in Trauer war. Und Trauer zeigte sich bei jedem Menschen anders. Trauer hatte viele Gesichter.

Haben Sie Deirdres Mutter informiert?, erkundigte sich Cameron.

Hab nichts mehr mit der Schlampe zu tun, bellte Aidan.

Aber es geht doch um Ihre gemeinsame Tochter, erwiderte Cameron.

Das hat die Hure jahrelang nicht interessiert, knurrte Aidan hasserfüllt, ich weiß nicht einmal, *wo* sie herumhurt. Hat sich, seit sie abgehauen ist, nicht mehr bei ihren Kindern gemeldet. Hoffe, dass ich sie auch nie wieder sehen muss, werde ihr sonst eins in die Fresse geben. Hat mich und die Kinder von einem Tag auf den anderen alleine gelassen, die Schlampe.

Warum hat sie das getan?, fragte Cameron und kam näher.

Wollte wohl ein besseres Leben haben, als hier oben in Donegal mit einem Farmer und drei Kindern, davon einer ein halber Krüppel, sagte Aidan.

Besaß Ihre Tochter ein Smartphone?

Was? Natürlich nicht, so weit wäre es noch gekommen!

Wussten Sie, dass Ihre Tochter immer wieder bei Ihrem Bruder und seiner Frau in Culdaff übernachtet hat?

Aidan zögerte, sagte schließlich: Natürlich, Bridget mochte die Kleine. Sie war gerne dort.

Cameron trat noch einen Schritt näher und sagte: Wussten Sie, dass Deirdre keine Jungfrau mehr war.

Aidan fuhr herum und zischte ihn an: Du lügst, verdammter Bulle!

Die Obduktion Ihrer Tochter hat es bewiesen, versicherte Cameron.

Niemals!

Aidan, hatte ihre Tochter einen Freund?

Natürlich nicht, knurrte Aidan, ich hätte ihm die Knochen gebrochen, wenn er hier auf der Farm aufgetaucht wäre.

Cameron ging aufs Ganze und fragte tonlos: Aidan, haben Sie mit Ihrer Tochter geschlafen?

Du verdammter Schweinehund!, brüllte Deirdres Vater und schlug mit einem riesigen Gabelschlüssel nach ihm. Cameron pendelte wie ein Boxer zur Seite, das Werkzeug streifte jedoch seine Schläfe. Die Haut wurde aufgerissen und begann sofort zu bluten.

Deirdres Vater, der nun völlig eskalierte, wollte ein zweites Mal zuschlagen, doch Cameron verpasste ihm einen blitzschnellen linken Haken ans Kinn. Er ging sofort zu Boden und landete benommen und stöhnend in einer Öllache. Cameron half ihm wieder auf.

Vergessen wir den Angriff auf einen Inspektor, sagte er in ruhigem Ton, schüttelte die linke Faust und bat Aidan eindringlich, die Wahrheit zu sagen.

Ich habe Ihnen die Wahrheit gesagt, knurrte er mit schmerzverzerrtem Gesicht, ich weiß darüber nichts, ich habe meine Tochter geliebt, das müssen Sie mir glauben, verdammt. Vielleicht bin ich nicht der beste Vater, vielleicht bin ich auch ein heruntergekommener alter Tyrann, der sich nicht richtig um seine Kinder kümmert, aber ich habe meine Tochter nie angefasst. Jedenfalls nicht so, wie Sie meinen. Und jetzt machen Sie, dass Sie von meinem Hof kommen, wenn Sie nichts anderes gegen mich in der Hand haben, als diese üblen Verdächtigungen und Schweinereien. Cameron machte wortlos kehrt und stieg in seinen Wagen. Zitternd startete er den Motor, wendete und gab Gas. Unter den Autoreifen spritzte der Schotter hervor, als er den schmalen Stich zur Road hinunterraste.

Auf seiner Lederjacke hatte sich schon ein Blutfleck gebildet. Doch er hatte noch nicht einmal bemerkt, dass die Wunde an seiner Schläfe blutete.

Das tat er erst, als er wenige Minuten später vor dem Spiegel im Badezimmer des Cottages stand und sein Gesicht mit kaltem Wasser wusch.

Er drückte fluchend einen kalten Waschlappen auf die Wunde, ging hinüber ins Wohnzimmer und fuhr erschrocken zusammen, als er Ray im Erker-Sessel sitzen sah.

Gottverdammt, willst du mich umbringen, Ray, brüllte er wütend, wie kannst du mich so erschrecken! Wie kommst du überhaupt hier rein?

Ray hielt einen Schlüssel hoch. Zweitschlüssel, sagte er grinsend.

Lass das dämliche Grinsen, Ray, du kannst hier nicht einfach so hereinspazieren. Ist das klar!

Schon gut, Shane, komm wieder runter, das ist sozusagen eine Dienst-Unterkunft.

Red keinen Quatsch, unterbrach ihn Cameron, ich latsche auch nicht einfach bei dir Zuhause rein, nur weil ich vor einer Ewigkeit Fiona gebumst habe.

Ray verzog das Gesicht und bellte: Was soll der Mist, Shane, du redest Schwachsinn. Lass Fiona aus dem Spiel. Bist du auf Ärger aus?

Cameron besann sich: Entschuldige ... tut mir leid ... bin etwas gestresst.

Was ist passiert?

Bin gegen ein Garagentor gelaufen.

Aha, und wie kommst du voran? Ray deutete auf die Fotos auf dem Wohnzimmertisch.

Gut!

Neue Erkenntnisse? Ray erhob sich. Etwas, das uns weiterbringt?

Eine Spur ... vielleicht, bestätigte Cameron zögerlich.

Du meinst hoffentlich nicht den Onkel und die Tante der Kleinen?

Deirdre ... das Mädchen hieß Deirdre!

Ihr Onkel hat sich über dich beschwert, fuhr Ray unbeirrt fort, du hättest bei der Befragung Druck ausgeübt, wärst ohne Feingefühl und Anstand dort aufgekreuzt und hättest seltsame Fragen gestellt. Sie verbieten sich jeden weiteren Besuch von dir. Der Superintendent lässt ausrichten, noch so ein Ding und er zieht dich hier wieder ab. Hast du verstanden, Shane!

Kann es sein, dass du gar nicht möchtest, dass ich den Fall aufkläre?

Was redest du schon wieder für 'nen Mist, Shane, natürlich will ich das!

Ich habe nicht den Eindruck, entgegnete Cameron, die Akte ist dünn, du hast nicht alle wichtigen Zeugen befragt, bist nicht jeder Spur nachgegangen.

Was glaubst du, warum ich dich hinzuziehen wollte, fuhr Ray auf, weil ich völlig überlastet bin.

Vielleicht auch, weil sich ein nicht aufgeklärter Kindstod nicht so gut macht in deiner Vita.

Du bist ein Idiot, Shane.

Und dann kam dir die ermordete Politikerin gerade recht!, fuhr Cameron bissig fort.

Pass auf, was du sagst, Shane, sonst ...

Sonst was?

Sonst bist du schneller draußen, als du denkst.

Du willst mir drohen, Ray?

Nein, ich will dich warnen, Shane, dein Stuhl wackelt.

Ich denke, es ist besser, du verpisst dich, Ray, sonst zieh ich dir noch eins über mit meinem wackelnden Stuhl. Cameron machte einen Schritt auf ihn zu.

Ray duckte sich und schlich in gebührendem Abstand um Cameron herum.

Ich vergesse mal dieses Gespräch, wandte Ray sich von der Türe her an Cameron, du bist gestresst, wir sprechen uns ein andermal, noch 'nen schönen Tag. Dann knallte er die Türe hinter sich zu.

Cameron trat ans Fenster und beobachtete, wie Ray die Zufahrt hinaufwanderte und nebenbei telefonierte. Deshalb hatte er bei seiner Ankunft vorhin kein Auto gesehen. Ray hatte sich zu ihm fahren lassen und rief nun wieder nach einem Wagen. Vermutlich hatte ihn ein Garda aus Malin herkutschiert.

Der kann mich mal mit seinem Geschwätz, brütete Cameron wütend vor sich hin.

Nachdem er seine Wunde mit Pflastern versorgt, zwei Tassen Kaffee getrunken und ein paar Sandwiches verdrückt hatte, holte er (fluchend über den Blutfleck) Jacke und Mütze aus der Badewanne, wo er sie zuvor hingeschleudert hatte, und verließ das Haus.

Wenn er von diesem Fall abgezogen werden sollte, sagte er sich, würde der Tod dieses Mädchens bei den Akten landen. *Ungeklärte Todesfälle.*

Sicherlich würde man von einem Unfall ausgehen.

Cameron lachte bitter auf.

Nach Trinkgelage in den Dünen stürzt 12-jähriges Mädchen betrunken von Kaimauer. Stopp! Diazepam im Blut, ein blöder und unglücklicher Scherz. Stopp! Saufkumpels konnten bislang nicht ermittelt werden. Stopp! Unfalltod. Stopp!

Er musste jetzt handeln!

A New Kind Of Man

Er hatte kein Auge für das helle Sonnenlicht, das den tiepoloblauen Wellenteppich des Atlantiks zum Glänzen brachte.

Dort, wo das Licht ins Meer fiel, war es nichts als irres Leuchten und Glast.

Während er gefrühstückt hatte, war nach Tagen die Sonne durchgebrochen. Dennoch fiel leichter Nieselregen aus irgendeiner der schweren Wolken, die den irischen Herbsthimmel wohl bis ins nächste Frühjahr bevölkern würden. Am östlichen Horizont lugte ein kleines Stückchen Regenbogen zwischen zerrissenen dunklen Wolkengebilden hervor.

Vor der Garda Station in Malin sah er Rays Wagen stehen.

Mit Ray musste er also weiterhin rechnen. Erst recht galt es nun, keine Zeit zu verlieren. Wer wusste schon, wie lange man ihm den Fall noch ließ. Er musste vermutlich davon ausgehen, demnächst einen Anruf vom Superintendent zu erhalten.

Cameron hatte beschlossen nach Culdaff zu fahren, um Deirdres Onkel auf den Zahn zu fühlen, der sich wegen seines „Befragungsstils" beschwert hatte. Am Liebsten würde er diesem Kerl den Arsch aufreißen, wobei es natürlich dessen gutes Recht war, sich zu beschweren. Bürgerrechte nannte man das.

Man hatte schon immer viel von „Polizeigewalt" in Irland gehört. In Nordirland war sie an der Tagesordnung gewesen.

Doch schließlich war es eine ganz normale Befragung, die er mit den beiden durchgeführt hatte. Dass es deshalb zu einer Beschwerde gekommen war, machte Cameron stutzig.

Oft genug hatte er erlebt, dass Menschen, die Dreck am Stecken hatten, sich empört ereiferten und Beschwerden gegen Polizeibeamte einleiteten. Sie mitunter sogar anzeigten und begannen, Hetzkampagnen zu führen. Ganz nach dem Prinzip: Angriff ist die beste Verteidigung.

Doch vielleicht verrannte er sich auch?
Wollte er nur, dass Deirdres Onkel ein Täter war? Vielleicht lag er völlig falsch, und Deirdre war wirklich nur betrunken über die Kaimauer gestürzt. Aber das Diazepam? Nur ein Streich?
Doch was, wenn er zu Recht Deirdres Onkel des sexuellen Missbrauchs an ihr verdächtigte?
Wenn der Mann sich sexuell an seiner Nichte vergangen hatte, vielleicht sogar über einen längeren Zeitraum. Dann bestand die Gefahr, dass er es auch bei seinen eigenen Töchtern tun würde.
Oder vielleicht schon tat.

Wenn er den Mann allerdings zu Unrecht verdächtigte, konnte er dessen Leben, die Ehe und dessen Karriere zerstören. Vielleicht sogar eine Dienstaufsichtsbeschwerde oder Schlimmeres riskieren, je nachdem, wie offensiv er vorging.
Cameron fragte sich, ob er dieses Risiko eingehen durfte, für sich selbst und erst recht für Deirdres Onkel, den er in etwas hineinziehen würde, das dessen ganzes Leben lang wie ein Makel an ihm haften würde, selbst wenn er unschuldig wäre.
Cameron zweifelte plötzlich an seinem Vorhaben.

Kurz vor Culdaff fuhr er auf die Zufahrt zu einem riesigen Weideland und hielt direkt vor einem verrosteten Gatter. Er überlegte, wen er anrufen und um Rat fragen könnte. Seine Mum?

Nein, in dieser Sache wäre sie ihm sicherlich keine gute Ratgeberin. Sie wäre wohl nur darauf bedacht, dass er keinen Fehler, und schon gar keinen schwerwiegenden Fehler, begehen würde.

Eoin? Zu lange hatte er ihn nicht mehr gesehen. Er wusste nicht einmal, wie Eoin heute dachte, welche Einstellung er hatte. Außerdem lag er vielleicht noch im Krankenhaus und hatte ganz bestimmt andere Sorgen.

Wer blieb dann noch? Madison? Gott bewahre! Madison, die ihn damals sitzen gelassen hatte, als er nach dem Tod seines Sohnes zu trinken begann. Nach der Scheidung hatte er nie wieder etwas von ihr gehört. Er wusste nicht einmal, wo sie lebte. Wollte es auch nicht wissen.

Ray? Nein, ihm war nicht zu trauen.

Niklas Reinders? Der sich zwar etwas getraut und riskiert hatte, ein Mann mit starken Überzeugungen zu sein schien, aber letztlich vielleicht doch nicht so viel in Kauf nehmen wollte. Nein, auch Reinders wäre vermutlich kein guter Ratgeber.

Rose? Aber ja! Die Nachbarin seiner Mum.

Cameron wählte ihre Nummer. Es klingelte lange. Er wollte gerade auflegen, als sie abnahm.

Deiner Mum geht es prima, begann sie prompt.

Deshalb rufe ich nicht an, Rose, räusperte sich Cameron verlegen.

Nicht?

Nein, aber es freut mich zu hören, danke.

Worum geht es denn, Shane?

Cameron schilderte ihr in wenigen Sätzen seinen Fall, betonte, dass es jedoch nur für ihre Ohren bestimmt sei und fragte, was er tun solle.

Das fragst du mich, Shane?, wunderte sich Rose.

Ich weiß niemand anderen.

Shane, Junge, das rührt mich, murmelte sie.

Nun, was rätst du mir, Rose?

Was hätte dein Vater getan, Shane?
Mein Dad?
Ja. Erinnere dich, was glaubst du, was er getan hätte?
Cameron dachte nach. Warum sein Dad? Nach einiger Zeit
huschte jedoch ein Lächeln über sein Gesicht und vertrieb
die Anspannung darin.
Er hätte wohl auf sein Bauchgefühl gehört, denke ich, sagte
Cameron.
Ja, das hätte er, Shane, ganz gleich, was es sagte. Und was
sagt dir *dein* Bauch?
Einige Augenblicke herrschte beredtes Schweigen zwischen
ihnen.
Ich danke dir, Rose, sagte Cameron schließlich, du hast mir
sehr geholfen.
Pass auf dich auf, Shane, Gott sei mit dir.

Cameron blickte auf das grünbraune Weideland, nickte,
startete den Motor und fuhr weiter nach Culdaff.
Vor dem Craft Shop entdeckte er erneut Bridget. Sie saß auf
einer hölzernen Bank vor dem Geschäft. Ihre Kinder waren
nicht bei ihr. Kurz entschlossen fuhr er auf den Parkplatz
des Shops und hielt direkt vor ihr. Sie erschrak, als sie ihn
erkannte.
Er stieg aus und setzte sich neben sie, ohne sich zu erkundigen, ob ihr das überhaupt recht sei.
Ich habe noch ein paar Fragen, begann er.

Dürfen Sie mich überhaupt noch befragen?, entgegnete
Bridget. Sie blickte hilfesuchend um sich.
Cameron bemerkte ihre Unsicherheit und erwiderte: Nur,
wenn Sie es gestatten, aber ich würde Ihnen raten, mit mir
zu sprechen, besser hier, als auf dem Präsidium, finden Sie
nicht.

Die Androhung zeigte Wirkung. Sie nickte zustimmend, wenn auch widerwillig. Er musste die Chance nutzen.

Wie war das Verhältnis Ihres Mannes zu Deirdre?

Bridget starrte ihn erschrocken an. Worauf wollen Sie hinaus?

Beantworten Sie einfach meine Frage, forderte Cameron sie auf.

Es ... es war gut, er hat sie gemocht, sie war seine Nichte.

Haben die beiden viel Zeit miteinander verbracht?

Was sollen alle diese Fragen, Inspektor?, entrüstete sich Bridget.

Wenn Sie sie einfach beantworten würden, bitte.

Ab und zu schon, sagte sie zunehmend beunruhigt.

Was heißt das?

Manchmal hat er mit ihr einen Ausflug gemacht.

Ohne Sie und Ihre Kinder?

Meinen beiden Mädchen wird es schlecht beim Autofahren.

Aha. Sie meinen also, Ihr Mann und Deirdre waren alleine unterwegs?

Ja, das sagte ich doch gerade.

Und das ist Ihnen nicht seltsam vorgekommen?

Aber nein, er ist doch ihr Onkel ... war ihr Onkel. Hören Sie, Inspektor, was wollen Sie von mir? Fragen Sie doch meinen Mann.

Das werde ich, Bridget, das werde ich. Sie können mir jedoch auch helfen. Wussten Sie, ob Deirdre einen Freund hatte?

Nein, das glaube ich nicht, das hätte sie mir bestimmt erzählt. Aber schauen Sie doch einfach mal in ihr Smartphone, da ...

Ihr Smartphone?, unterbrach Cameron, es wurde keines bei ihr gefunden.

Dann muss sie es verloren haben, erklärte Bridget, ich selbst habe ihr eines gekauft und auf mich angemeldet.

Kennen Sie jemanden von den Freundinnen ihrer Nichte?
Nein, sie war da nicht sehr gesprächig. Ich weiß nicht einmal, ob sie eine hatte.
Aber von einem Freund hätte sie Ihnen erzählt?
Ich denke schon, so etwas erzählt man sich doch unter Frauen. Bridget lächelte unsicher.
Wussten Sie, dass sie keine Jungfrau mehr war?
Jesus, das kann nicht sein, Sie müssen sich irren, fuhr Bridget empört auf, Sie wollen ihr Andenken beschmutzen!
Das will ich ganz und gar nicht, Bridget, bei der Obduktion wurde es festgestellt, Deirdre war keine Jungfrau mehr.
Ihre Fragen zu meinem Mann, keifte Bridget, Sie wollen doch nicht etwa meinem Mann unterstellen, dass er ...

Deirdre hat oft bei Ihnen übernachtet, ist es nicht so, unterbrach Cameron sie?
Ja, fuhr Bridget auf. Und? Was wollen Sie damit behaupten?
Nichts, ich erwäge nur, ziehe Möglichkeiten in Betracht.
Sie sind unverschämt, Inspektor, Sie wollen meinen Mann ... unser Leben zerstören!
Ich bitte Sie, Bridget, ich will nichts zerstören, ich möchte den Täter finden, falls Ihrer Nichte etwas angetan wurde.
Und Sie verdächtigen meinen Mann?, Bridget schnappte nach Luft. Jesus, das ist doch nicht möglich!
Wo finde ich Ihren Mann?
Bridget fuhr sich über das Gesicht und sagte: Er ist bei unserem Boot.
Bei Bunagee Pier?
Ja, er wollte heute das Boot auf Vordermann bringen.

Und noch etwas, Bridget, sollten Sie sich wieder beschweren wollen, schloss Cameron, was ich jedoch nicht glaube, schon allein wegen des Verdachtes, der auf sie fallen könnte, dann werde ich dieses Gespräch meinen Vorgesetzten gegenüber leugnen. Ich weiß nichts von unserer Unterhaltung eben. Sie verstehen?

Bridget blickte ihn ungläubig an.

Cameron verabschiedete sich, stieg, ohne sich umzusehen, in seinen Wagen und fuhr hinaus aus Culdaff Richtung Bunagee Pier.

Er hatte hoch gepokert, hatte den Samen des Zweifels gesät. Doch er fühlte sich nicht gut dabei.

Die Frau konnte nichts dafür, sie schien offenbar auch nichts zu wissen. Ihre Empörung war nicht gespielt. Sie wirkte wahrhaft angegriffen. Wenn ihr Mann sich bei ihnen zuhause an Deirdre vergangen hatte, dann musste es passiert sein, wenn sie geschlafen hatte oder nicht Zuhause gewesen war.

In der Zwischenzeit hatte sich der Himmel wieder verdunkelt.

Kalter Wind war aufgekommen und wehte in starken Böen von Westen.

Das Meer schien aufgewühlt, als Cameron nervös auf die Bucht und den Pier zufuhr.

Sein Atem ging schneller. Er spürte seinen Puls in den Schläfen pochen. Ein schlechtes Zeichen, das wusste er. Er hatte ein ungutes Gefühl im Magen, als er von weitem die Seagull und Brian entdeckte. Bei einer Ansammlung aus Büschen und Sträuchern hielt er an, schaltete den Motor aus und beobachtete eine Zeitlang, wie Deirdes Onkel Farbe am Bootsbauch auftrug.

Cameron versuchte zu rekonstruieren, wie Brian es getan haben könnte. Er konnte am Abend, nach Seminar-Ende, gegen 19.00 Uhr, von Westport nach Donegal zurückgefahren sein, Deirdre getroffen, sie getötet, ins Meer geworfen haben und wieder nach Westport zurückgefahren sein.

Zeitlich wäre es möglich gewesen. Wenn auch unter großen Anstrengungen.

Aber vielleicht hatte er es gar nicht geplant, sondern es war zum Streit und zu einem Handgemenge zwischen ihnen gekommen. Aber wo? Auf dem Boot?

Vielleicht war sie auch im Streit von Bord gefallen und er hatte sie absichtlich nicht gerettet. Oder sie war sofort untergegangen, so dass er ihr in der Dunkelheit nicht hatte helfen können. Die Wasserrettung zu alarmieren, hätte ihn kompromittiert – alleine mit seiner minderjährigen Nichte, mitten in der Nacht. Oder er hatte sie einfach über Bord geworfen. Oder aber das Mädchen, als es schon tot war, aufs Boot gebracht und auf dem Meer den Leichnam entsorgt.

Aber wo war sie dann zu Tode gekommen?

Hatte er vielleicht doch nichts mit ihrem Tod zu tun?, grübelte Cameron.

Warum sollte er überhaupt wegen eines einzigen nächtlichen Treffens mit seiner Nichte diese immense Strecke gefahren sein, die ebenso lange Rückfahrt in Kauf nehmend?

Von den vielen Fragen wurde ihm fast schwindelig.

Wenn er es getan hatte, musste er verrückt nach ihr gewesen sein.

Oder vielleicht hatte sie ihm mit irgendetwas gedroht?

Cameron stieg aus und ging die letzten Hundert Meter zu Fuß.

Das Meer in der Bucht warf sich mit schäumender Gischt gegen das Ufer. Der Wind strich in heftigen Böen darüber. Ein einziger aufgeworfener Wellenteppich, so weit man schaute.

Brian war sichtlich überrascht ihn zu sehen.

Inspektor?, sagte er erstaunt, pinselte aber weiter an seinem Boot.

Schöne Farbe, sagte Cameron.

Sie sind doch wohl nicht herausgefahren, um die neue Farbe meines Bootes zu bewundern?

Nein, natürlich nicht.

Was also ist so wichtig, dass Sie eine neue Beschwerde dafür riskieren, grinste Brian.
Ich möchte wissen, wie Ihr Verhältnis zu Deirdre war?
Sie war meine Nichte ... Familie, erklärte Brian.
Also bleibt alles in der Familie?, bemerkte Cameron angriffslustig.
Brian hielt inne, blickte Cameron an, schien nachzudenken, erwiderte schließlich, noch immer grinsend: Ich weiß zwar nicht, worauf Sie hinaus wollen, Inspektor, aber ist es nicht immer das Beste, wenn alles in der Familie bleibt.
Daraufhin trug er wieder in langen Strichen Farbe auf.
Scheißkerl, dachte Cameron, und entgegnete: War das eben ein Eingeständnis?

Inspektor, Sie werden doch nicht so hinterhältig sein und unser Gespräch heimlich mit ihrem Smartphone aufzeichnen, wandte er sich an Cameron, ohne ihn anzublicken.
Wieso sollte ich, sind Sie etwa verdächtig?
Brian lachte: In Ihren Augen doch wohl schon, oder etwa nicht?
Da haben Sie recht.
Sehen Sie, räusperte sich Deirdres Onkel, zuckte jedoch zusammen.
Erfahrung ... und Statistik, warf Cameron ein.
Was?
Dass Verbrechen an Kindern meistens in der eigenen Familie begangen werden.
So?
Ja! So wie auch sexueller Missbrauch.

Cameron setzte alles auf eine Karte. Wer wusste schon, wie oft er noch Gelegenheit hatte, mit dem Mann ungestört zu reden.

Brian hörte abrupt zu streichen auf und sagte, zu Cameron gewandt: Ein unerhörter Vorwurf, finden Sie nicht. Dann nahm er seine Tätigkeit wieder auf.

Aber nur, wenn ich falsch liege, erwiderte Cameron.

Brian zuckte mit den Achseln.

Cameron holte tief Luft. Er spürte die Grenze, die er gleich überschreiten würde.

Wie haben Sie es angestellt?, fragte er.

Was meinen Sie, Inspektor?

Deirdres Onkel trug noch immer in scheinbarer Gelassenheit Farbe auf.

Cameron sagte sich, dass der Mann auf diese Weise nichts als Distanz demonstrieren wollte, Unnahbarkeit, eine Art Coolness. Die Überheblichkeit von Tätern, die sich in absoluter Sicherheit zu wissen glauben. Cameron kannte das. Dabei fehlte ihm selbst jedoch die Gewissheit für sein eigenes Handeln, er hatte nicht *ein* handfestes Indiz. Er hatte nur einen Verdacht. Der sich vielleicht nur auf ein Gefühl gründete. Vielleicht war es auch nur eine Art Antipathie. Was er jedoch niemals zulassen sollte. Was er hier und jetzt tat, war etwas, das er zuvor noch nie getan hatte. Auf diese Weise hatte er seinen Beruf noch nie ausgeübt.

Der Schweiß brach ihm aus allen Poren.

Doch es gab kein zurück. Er musste es tun.

Für Deirdre.

Ich glaube, *Sie* haben ihre Nichte sexuell missbraucht, begann Cameron, dann ist irgendetwas aus dem Ruder gelaufen und Sie haben sie umgebracht. Zumindest ihren Tod nicht verhindert.

Brian ließ den Arm, mit dem er Farbe auftrug, sinken, starrte Cameron ausdruckslos an und sagte: Selbst wenn es so gewesen wäre, was ich entschieden bestreite, werden Sie mir das nie nachweisen können, sonst hätten Sie es längst. Ist es nicht so, Inspektor?

Das werde ich noch, entgegnete Cameron.

Das glaube ich nicht, Inspektor, höhnte Deirdres Onkel, Sie sind nichts als ein abgehalfterter Bulle, der zu viel trinkt. Ich habe mich über Sie erkundigt. Selbst im Netz finden sich ein paar Ihrer Eskapaden.

Er grinste Cameron an und nahm in gespielter Gelassenheit seine Malerarbeit am Boot wieder auf.

Cameron verspürte den Impuls schlagartig und konnte ihm nichts entgegensetzen.

Er trat einen Schritt näher an Brian heran und stand nun so nahe, dass er dessen Körpergeruch wahrnehmen konnte.

Mit einer schnellen Bewegung griff er nach dessen Hinterkopf und schlug sein Gesicht mit voller Wucht gegen die Bootsplanken.

Brian schrie kurz auf und sank benommen zu Boden.

Cameron wendete sich wortlos ab und ließ den Mann am Boden liegen.

Ohne sich umzublicken ging er zu seinem Wagen zurück.

Kurz nachdem er in seinen Wagen gestiegen war und wieder auf der Bunagee Road fuhr, begann es zu regnen.

Das wars, sagte er sich, jetzt würde sein Kopf rollen. Er überlegte, wie er es seiner Mum erklären sollte.

Was war gerade in ihn gefahren?

Hass war in ihm aufgebrochen wie eine Eitergeschwulst. Aber zu seiner Verwunderung hatte es sich gut angefühlt. Mehr noch, er hätte den Mann am Liebsten zu Tode geprügelt. Er vertrieb diesen Gedanken jedoch sofort wieder.

In Malin angekommen überlegte er, ob er beim Take-Away-Restaurant halten und sich von Ranjana verabschieden sollte, entschied sich aber dagegen. Was hatte er mit ihr zu tun? Nichts! Sie war eine Bedienung hinter einem Tresen, die eine etwas eigenwillige Auffassung von Mahatma Gandhi hatte.

Über der Trawbreaga Bucht schwebte ein Regenbogen vor unfassbar dunklem und unheimlichem Hintergrund. Und Sonnenlicht, von irgendwoher, nicht genug seine Stimmung zu erhellen, dennoch genug, diesen unerwarteten Regenbogen in sein Seitenfenster zu projizieren.

Gedankenversunken fuhr er an Deirdres Schule vorbei, raste auf Middletown zu und entdeckte, am Straßenrand gehend, klatschnass und triefend vom Regen, Mike, Deirdres Bruder.

Cameron überlegte, ob er ihn mitnehmen und auch ihm den Stachel des Zweifels ins Seelenfleisch treiben sollte. Aber ließ es bleiben. Besser so, sagte er sich.

Zurück im Cottage, packte er seine Sachen zusammen, sammelte die Fotos auf dem Wohnzimmertisch ein und stopfte sie zusammen mit der Akte in die Reisetasche zu den Klamotten. Anschließend ließ er sich in den Sessel im Erker sinken und las zur Beruhigung ein paar Haikus.

Sein Telefon klingelte und das Wort "Superint" tauchte auf dem Display auf.

Das ging ja schnell, dachte er. Deirdres Onkel hatte vermutlich schon nach der ersten Befragung wichtige Kontakte geknüpft, die er jetzt prompt nutzte. Wer weiß, vielleicht hatte er auch gleich seinen Anwalt konsultiert, nachdem er sich neben seinem Boot wieder aufgerappelt und nach seinem Telefon gegriffen hatte. Angriff ist eben die beste Verteidigung!

Cameron nahm den Anruf nicht entgegen.

Er wusste, seine Zeit hier war vorbei. Er hatte es verpatzt und hasste sich dafür. Wie konnte er nur die Kontrolle verlieren, seinen Gefühlen die Oberhand lassen, seiner Wut. Was hatte er nun davon?

Wenig später klingelte sein Telefon erneut. Diesmal war es Ray. Cameron nahm ab.

Shane, bist du völlig verrückt geworden!, brüllte Ray ins Telefon.

Worum geht es?, fragte Cameron im Unschuldston.

Du hast den Mann niedergeschlagen! Ray klang atemlos.

Welchen Mann?

Shane, hör auf, der Typ hat hier angerufen und dich angezeigt, direkt beim Superintendent, das heißt, sein Anwalt hat hier angerufen.

Keine Ahnung wovon du redest, Ray.

Aha, das ist also deine Verteidigungsstrategie?

Hör auf zu quatschen, sag mir lieber, ob ihr das Alibi von Deirdres Onkel überprüft habt?

Na klar, was denkst du denn?, knurrte Ray, hast du die Akte denn nicht gelesen?

Cameron dachte nach.

Der Mann war bei einem Seminar in Westport, in diesem Hotel ... wie hieß es doch gleich ... Jesus, schau einfach in der Akte nach, fuhr Ray ihn an.

Er kann dort abends weggefahren sein, warf Cameron ein. Was sagen die Überwachungskameras auf dem Parkplatz des Hotels?

Sind Attrappen, brummte Ray.

Verdammt! Er kann also unbemerkt das Hotel verlassen haben, weggefahren und am nächsten Morgen wieder aufgetaucht sein?

Möglich wärs, aber unwahrscheinlich.

Warum?

Was sollte er für ein Motiv gehabt haben, seine zwölfjährige Nichte zu töten?

Was bist du, Ray, Kriminalpolizist oder Mohrrübenfarmer?

Jedenfalls werde ich nächste Woche noch einen Job haben, entgegnete Ray, was man von dir nicht gerade behaupten kann.

Hat ihn jemand vom Hotelpersonal weggehen oder wiederkommen sehen, vielleicht zu ungewöhnlichen Uhrzeiten?, überging Cameron diese Spitze.

Was weiß ich, zischte Ray, die Jungs aus Westport haben die Befragungen vor Ort durchgeführt. Lies die Akte.

Scheiße, Ray, dein Fall hat Löcher wie ein Sieb.

Weißt du was, Shane, du kannst mich mal. Melde dich beim Superintendent, er will dich sprechen.

Cameron legte auf und fragte sich, was es beweisen sollte, wenn jemand vom Personal Deirdres Onkel beim Verlassen des Hotels oder beim Zurückkommen gesehen haben sollte, selbst wenn es zu einer ungewöhnlichen Uhrzeit gewesen war. Es wäre kein wirkliches Indiz. Er würde behaupten, er habe Zigaretten geholt, sei "auf ein Pint" unterwegs gewesen oder einfach nur spazieren gegangen. Irgendeine Erklärung war schnell gefunden.

Cameron kramte die Akte aus seiner Tasche und begann sie noch einmal zu lesen.

Aber nichts, kein Hinweis darauf. Das zuständige Hotelpersonal erinnerte sich nicht. Und die Kamera im Eingangsbereich speicherte nur 48 Stunden. Das Hotel fiel also weg.

Erneut klingelte sein Telefon.

Schon wieder der Superintendent.

Diesmal nahm er den Anruf entgegen. Der Superintendent beorderte ihn zurück und zitierte ihn für den nächsten Morgen auf zehn Uhr in sein Büro. Cameron ahnte, was das zu bedeuten hatte.

Er steckte die Akte in die Tasche zurück, machte einen letzten Rundgang durchs Cottage, ließ die Whiskey-Flaschen auf der Kommode stehen, verschloss das Haus, stieg in seinen Wagen und fuhr los.

Doch bevor er nach Sligo zurückfuhr, wollte er Deirdre noch einmal besuchen.

Wieder war er der Einzige auf dem Friedhof. Der Einzige, der die Ruhe der Toten störte durch sein Herumgetrampel zwischen den Grabreihen. Wenigstens wusste er diesmal sofort, wohin er zu gehen hatte.

Mit gesenktem Kopf hielt er vor ihrem Grab inne, die Baseballmütze in der Hand, den Jackenkragen hochgeschlagen.

Es tut mir leid, sagte er laut, ich hab es versaut.

So wie damals, dachte er, bei seinem Jungen. Er war kein guter Vater gewesen. Jedenfalls war Madison dieser Meinung. Und dieses Mal hätte er ein besserer Polizist sein müssen.

Es tut mir leid, Deirdre, sagte er noch einmal, aber ich werde trotzdem nicht aufgeben.

Er spürte die regenreichen Windböen nicht, während er vor ihrem Grab verharrte.

Frieden, dachte er, ob sie jetzt ihren Frieden hatte?

Wenn ja, hatte sie ihn teuer erkaufen müssen. Viel teurer noch als sein Junge.

Bei diesen Gedanken rannen ihm Tränen über die Wangen. Hinein in den grauen Bart, den er nicht mehr gestutzt hatte, seit er hier oben in Donegal war.

Warum?, fragte er sich zornerfüllt. Wenn es jemanden gab, der über Leben und Tod entschied, dann konnte er ihm gestohlen bleiben. Und wenn alles Zufall war, dann konnte er sich die Welt und das Leben darauf nicht sinnloser vorstellen.

Als er spät am Abend nach Hause kam und die Türe seines Hauses in Sligo aufschloss, klangen ihm bekannte Töne entgegen. Erleichtert lächelte er. Sein Mum hörte wieder einmal John Field. Vermutlich las sie dazu in irgendeinem Krimi. Er jedenfalls hatte für heute genug von Kriminalfällen, von Verbrechen, Tätern – und auch von Opfern. Er öffnete die Wohnzimmertüre und fand seine Mum tatsächlich lesend in ihrem Lehnsessel vor.

Junge, rief sie lächelnd, endlich!

Er küsste erleichtert ihre Stirn. Sie nahm seine Hände und zog ihn in seinen Sessel.

Erzähle, sagte sie, erzähl von deinem Fall in Donegal. Du siehst müde aus, es muss ein anstrengender Fall sein. Hast du ihn gelöst?

Er gab ihr eine lückenhafte, geschönte Version der letzten Tage, ließ vorsichtshalber auch den Anruf des Superintendent aus und ging eine Stunde später erschöpft nach oben.

Er suchte nach einer bestimmten Schallplatte, warf sich aufs Bett und schloss die Augen.

Er horchte auf die Musik und sinnierte über diesen Frieden, den man sicherlich nie in sich finden würde. Oder vielleicht auch nur er nicht.

Lange noch fühlte er eine Sehnsucht in sich, nach einem Frieden, den er nicht richtig erklären konnte. Nach einem

Frieden, der sich wie ein Leichentuch auf seiner Seele ausbreitete. Oder vielleicht doch wie ein Hoffnungsschimmer leuchtete.
Er konnte es nicht mit Bestimmtheit sagen.

Als er am nächsten Morgen auf das Büro seines Chefs zuschritt, fühlte er sich ein wenig wie damals, vor langer Zeit, als er nach irgendwelchen Dummheiten oder Streichen zum Schulleiter gerufen wurde. Er musste sich jedoch schmunzelnd eingestehen, dass sich dies hier heute weniger nach "wirklichem" Leben anfühlte, als die damaligen Besuche beim Schulleiter. Es erstaunte ihn.
Cameron rechnete mit einem Rauswurf, zumindest mit einer vorläufigen Suspendierung, und doch berührte es ihn kaum.

Er hatte richtig gelegen. Der Superintendent suspendierte ihn vorläufig. Ihm blieb, bei diesen Vorwürfen, nichts anders übrig. Deirdres Onkel hatte Anzeige erstattet. Die "Innere Abteilung" übernahm nun die Angelegenheit. Er würde vernommen werden, musste sich den Vorwürfen stellen. Cameron hatte den Angriff auf den Mann abgestritten. Gab zwar zu, ihn zur genannten Zeit befragt zu haben, sich jedoch nach der Befragung wieder abgewandt und den Pier verlassen zu haben. Und zwar ohne ihn angegriffen zu haben.

Er wusste allerdings, wenn es Zeugen gegeben haben sollte, würde es schlecht für ihn aussehen. Er könnte deshalb rausfliegen. Vermutlich sogar ein Strafverfahren wegen Körperverletzung an den Hals bekommen und vielleicht sogar ins Gefängnis müssen.
Er würde die Vorladung zur Anhörung schriftlich zugesandt bekommen, schloss der Superintendent mit Bedauern und wünschte ihm "Alles Gute".

Ob alles gut werden würde, fragte Cameron sich schon lange nicht mehr.

Er wusste, dass nicht alles gut würde, dass Vieles schlecht endete, verdarb, verkam und verelendete.

Er dachte dabei auch an seinen Jungen – und an Deirdre.

Sowie an die vielen Opfer und manche Täter, mit denen er im Laufe seines Berufslebens schon zu tun gehabt hatte. Diese hassenswerten Individuen, die anderen kaltblütig Schmerzen oder den Tod zufügten. Nichts als Euphemismus, dies "Alles wird gut", sagte er sich und fuhr angewidert und wütend nach Hause.

Seiner Mutter gegenüber erwähnte er die Suspendierung nicht. Er packte stattdessen seine Reisetasche mit frischer Kleidung, legte eine Straßenkarte dazu und erzählte ihr, dass er nochmals für ein paar Tage nach Donegal müsse.

Aber, Junge ...

Hab leider keine Zeit dir alles zu erklären, Mum, unterbrach er sie, ich rufe dich an.

Er drückte sie an sich und sagte ihr, dass er sie liebe und sie auf sich acht geben solle. Er warf einen letzten fürsorglichen Blick auf sie und verließ eilig das Haus.

Nebenan instruierte er Rose Kelly und bat sie erneut, ein Auge auf seine Mum zu werfen.

Dann fuhr er in die entgegengesetzte Richtung – nach Westport.

Er mietete sich in dem Hotel ein, in dem Deirdres Onkel während jener Tagung, vom zweiten auf den dritten September, gewohnt hatte, und befragte das Hotelpersonal. Niemand konnte sich an den Mann erinnern. Auch nicht, ob jemand in den frühen Morgenstunden des 3. September das Hotel betreten hatte. Die Kamera auf dem Parkplatz wäre tatsächlich eine Attrappe, und die Kamera in der Lobby war genau zu jener Zeit defekt. Jetzt ginge sie jedoch wieder. Cameron grinste genervt.

Er speiste im Restaurant und setzte sich anschließend in die Hotelbar an einen abgelegenen Tisch, trank schwarzen, stark gesüßten Kaffee und breitete die Straßenkarte aus. Mit Stift und Notizblock brütete er eine ganze Stunde über ihr, fuhr Straßen und Strecken ab und machte sich Notizen.

Er hatte die schnellste Strecke vom Hotel in Westport bis zu Deirdres Wohnort auf Inishowen ausgewählt. Cameron nahm sich vor, jede Tankstelle und jedes Take-Away-Restaurant zwischen hier und Inishowen aufzusuchen und nachzufragen, ob Deirdres Onkel in ihrer Todesnacht dort gesehen worden war. Er wusste, dass es lange dauern konnte. Und er wusste auch, dass das Ganze vielleicht völlig umsonst war.

Glücklicherweise gab es heutzutage mehrspurige National Roads quer über die Insel, sodass diese Tour in kürzester Zeit machbar war.

Früher, als man zumeist auf schmalen Straßen unterwegs war und durch jedes noch so kleine Dorf gondeln musste, hätte er sich vielleicht *gegen* dieses Unterfangen entschieden.

Es erschien ihm zudem einleuchtend, mit der Strecke von Westport nach Inishowen zu beginnen und nicht andersherum. Denn mitten in der Nacht, nachdem Deirdre zu Tode gekommen war, hatte Brian wohl kaum auf der Rückfahrt angehalten, um sich etwas zu essen zu kaufen. Jedenfalls konnte Cameron sich das nicht vorstellen.

Brian, so rekonstruierte Cameron, könnte kurz nach Ende des Seminars gegen 19.00 Uhr das Hotel verlassen haben. Vermutlich hungrig. Eine lange Fahrt lag vor ihm. Aber er wollte wohl auch nicht völlig ausgehungert auf Inishowen ankommen, also hielt er sicherlich irgendwo unterwegs, um etwas zu essen. Vielleicht hatte er auch nur Fish'n'Chip, Burger oder sonst irgendeinen Schnellfraß gekauft und war gleich weitergefahren, um keine Zeit zu verlieren. Ein Essen in einem Restaurant hätte ihm vermutlich zu lange gedauert. Er wollte sich schließlich mit Deirdre treffen, er durfte also keine Zeit verlieren.

Cameron hatte sich von der Web-Seite des Unternehmens, für das Brian tätig war, ein Foto von ihm heruntergeladen und bei sich Zuhause einen Stapel Kopien davon gemacht. Die Kopien lagen im Kofferraum seines Wagens. Gegen zehn Uhr ging Cameron auf sein Zimmer und rief seine Mum an, die sich gerade einen Film ansah.
Die Hepburn?, fragte Cameron.
Nein, Junge, ich habe etwas ganz Spezielles gefunden, sehr alt, sehr komisch ... und sehr schön. Rose hat es mir geschenkt.
Du machst mich neugierig, Mum, sagte Cameron, was ist es denn?
Das sage ich nicht.

Komm schon, Mum, lass mich nicht zappeln.
Es ist eine Überraschung, Junge, ich werde dir den Film erst bei unserem nächsten Filmabend präsentieren.
Mum, du bist eine Gaunerin.
Ich weiß!
Na, dann schlaf nicht vor dem Fernseher ein, meinte Cameron, und lass keine Kerzen brennen, okay.
Was bin ich, Junge, empörte sie sich, etwa ein kleines Kind?
Cameron schmunzelte und dachte: Ja, so etwas in dieser Art. Er gab ihr einen Gutenachtkuss durchs Telefon, ging ein letztes Mal pinkeln und legte sich anschließend in Unterhose und T-Shirt ins Bett.
Erschöpft vom langen Grübeln schlief er erst weit nach Mitternacht ein.

Rough God Goes Riding

Cameron erwachte übellaunig an den ersten Frühaufstehern.

Er hasste diese Menschen, die im Hotel morgens um sechs aufstanden, geräuschvoll ihre Morgentoilette erledigten, in einer Lautstärke husteten und furzten, dass man sich im Zimmer nebenan entweder fremdschämte oder zum Soziopathen wurde.

Und dann unterhielten sich diese Leute auch noch auf den Hotelfluren in der gleichen unangemessenen Lautstärke, tauschten Erfahrungen aus oder schimpften gemeinsam über die Matratzen oder die Kopfkissen und weckten alle anderen Gäste auf, was ihnen offenbar völlig gleichgültig war. Vielleicht war es ihnen aber auch gar nicht bewusst, was er noch für viel schlimmer hielt.

Hirnlose Idioten, dachte er, schwang ächzend die Beine aus dem Bett, hievte den Oberkörper nach, roch unter den Achseln und befand, dass eine Dusche nicht unbedingt notwendig war.

Ein bisschen Deodorant würde es auch tun.

Zum Frühstück aß er zwei Scheiben Soda Bread mit Orangenmarmelade, trank vier Tassen Kaffee, ging anschließend zurück auf sein Zimmer, las auf der Toilette ein paar Haikus von Buson und machte sich daran, seine Sachen zu packen.

Er checkte aus, atmete tief durch, schob eine neue CD in den Player und fuhr los.

Gleich beim ersten Take-Away-Restaurant stoppte er, nahm die Fotos aus dem Kofferraum und betrat den Laden. Er stellte sich vor und fragte, ob ihn irgendjemand in der Nacht vom zweiten auf den dritten September den Mann auf dem Foto gesehen hatte.

Cameron wurde angestarrt.

An den Mann erinnerte sich niemand.

Er ließ eines der Fotos da, heftete seine Visitenkarte daran und bat darum angerufen zu werden, falls irgendwer aus dem Team den Mann auf dem Foto erkennen sollte.

Ihm war klar, dass er nach seiner vorläufigen Suspendierung nicht ermitteln durfte, aber es war ihm egal, er setzte alles auf eine Karte.

Bereits am Nachmittag wusste er schon nicht mehr, wie viele Take-Aways er aufgesucht hatte. An die Anzahl der Tankstellen konnte er sich noch erinnern.

Gesichter verschwammen, er wusste nicht mehr, wer ihn ungläubig angestarrt, wer fragend geklotzt, und wer begeistert gelächelt hatte bei dem Gedanken, in einem Kriminalfall befragt zu werden, und so eine kleine Rolle darin zu erhalten. Die berühmten fünf Minuten Bedeutung im Leben.

Alles ein einziger Brei in seinem Kopf.

Stimmen wurden zu einem Gemisch aus Klängen, krächzend die eine, flüsternd die andere, ein Bariton, ein Falsett, eine weibliche Altstimme mit dunklen Augen, oder war das doch die Blonde mit den großen Ohren und dem Corker Akzent.

Er wusste es nicht mehr. Schon jetzt, nach wenigen Stunden. Vielleicht sollte er sich ein Zimmer suchen und sich ein paar Drinks genehmigen.

Aber vielleicht war es ja genau dieses Zeug, das ihn so weit gebracht hatte, dass er schon nach wenigen Stunden die Konzentration verlor.

Ein Wrack war aus ihm geworden.

Jesus, wie stark, wie dynamisch ist er doch gewesen, als sein Junge noch lebte, als er und Madison sich noch verstanden.

Er hielt inne und fragte sich, ob sie sich denn wirklich noch verstanden hatten oder ob er in der Rückschau ihre Ehe verklärte.

Wenn er es sich recht überlegte, dann hatten sie sich in den letzten beiden Jahren vor dem Tod seines Jungen sehr oft gestritten. Madison war unzufrieden mit ihm als Vater und Ehemann.

Liam steckte mitten in der Pubertät, war schwierig und anstrengend. Seine Schulnoten hatten sich verschlechtert, und er trank zu viel Alkohol mit seinen Kumpels.

Madison hatte mit der Erziehung ihres Jungen zu kämpfen gehabt und warf ihrem Mann vor, zu viel zu arbeiten und sich zu wenig um Liam zu kümmern. Und sie hatte damit recht gehabt.

Er war immer erst spät abends nach Hause gekommen und hatte sich noch zusätzliche Arbeit eingepackt, Fall-Akten, Protokolle, Zeugenaussagen. Er war der Familie und der Verantwortung aus dem Weg gegangen, überhörte und übersah sämtliche Signale, sowohl die Liams als auch die Madisons. Verkroch sich stattdessen in seinem Home-Office und nahm immer weniger am familiären Leben Teil, je älter Liam wurde.

Die Familie war in einem schleichenden Prozess zerbrochen, den er zuerst nicht bemerkte, und später nicht wahrhaben wollte. Ihr Junge und dessen Erziehung waren ihm zu anstrengend. Er hatte nicht gewusst, wie er mit ihm umgehen sollte, was Liam brauchte, wo Liebe und Zuwendung und wo eine strenge Hand von Nöten gewesen wäre.

Cameron war heillos überfordert und hatte sich auch nie wirklich darauf eingelassen oder sich Hilfe gesucht. War auch Madison aus dem Weg gegangen, und das, obwohl Liam ein Wunschkind gewesen war. Sie beide hatten sich ein Kind gewünscht. Sogar mehrere.

Doch Madison war gleich nach Liams Geburt in eine tiefe Depression gestürzt. In den folgenden Jahre litt sie immer wieder daran.

Camerons Mutter hatte sich in dieser Zeit viel um Liam gekümmert. Ohne Maureen wären die beiden Eheleute aufgeschmissen gewesen. Sie war ihnen eine große Hilfe und hatte sich nie beklagt. In dieser für Liam wichtigen Zeit kam Cameron jeder neue Fall gerade recht. Und seine Aufklärungsquote konnte sich sehen lassen. Sie hatte zu den besten im County gehört.

Er verlor jedoch immer mehr den Kontakt zu Liam. Sowie auch zu Madison, mit deren unbehandelten Depressionen niemand in der Familie so richtig umzugehen wusste.

Cameron hatte Madison bei der Erziehung des Jungen sich selbst überlassen und stattdessen seine Mum miteinbezogen. Das war fast immer der Grund ihrer Konflikte und Streitereien. Er war eben als Polizist besser denn als Vater oder Ehemann. Und schließlich musste ja jemand die Brötchen verdienen.

Madison hatte seine Argumente nicht mehr gelten lassen, stritt mit ihm, forderte seine Hilfe ein, die er ihr versagte. Dann kam Liam ums Leben.

Der Junge, der mit Liam im Boot unterwegs gewesen war, hatte angegeben, dass sie eine Menge Alkohol dabei gehabt und schon ordentlich getankt hatten, als der Sturm aufgekommen war.

Madison sprach zuletzt immer wieder von einer tiefen Enttäuschung und von seinem Versagen.

Bei einer Scheidung wird eben oft schmutzige Wäsche gewaschen. In manchen Fällen glätten sich die Wogen wieder. In einigen Fällen jedoch nie, die Beteiligten beginnen sich zu hassen und machen sich und dem Anderen das Leben schwer. Mitunter werden sogar Verbrechen daraus.

Er wusste das nur zu gut.

Cameron hätte für seinen Jungen da sein müssen, als der ihn dringend gebraucht hatte, ihn, seinen Vater, das wusste er. Die Aufklärung von Verbrechen ist ihm wichtiger gewesen. Aber vielleicht war das alles nur vorgeschoben. Jedenfalls hatte er sich sein Verhalten bis heute nicht verziehen.

Cameron erwachte aus seinen Gedanken und stellte fest, dass er auf einem Parkplatz bei Ballysadare stand. Wie war er hierher gekommen?
Er verspürte den Impuls Madison anzurufen und sich bei ihr zu entschuldigen.
Doch er hatte nicht einmal ihre Telefonnummer. Madison hatte eine neue Familie, was sollte sie noch mit ihm zu tun haben. Zu tun haben *wollen*. Da die einzige Verbindung, die sie beide unter normalen Umständen gehabt hätten, Tod war: Ihr Junge.
Er überlegte, ob es nicht vernünftiger wäre, nach Hause zu fahren und am nächsten Tag von Sligo aus die Tour fortzusetzen, verwarf den Gedanken jedoch wieder.

Er wollte unterwegs sein, die Ruhelosigkeit nutzen, das Alleinsein, die Einsamkeit. Wollte nicht am Abend seiner Mum gegenübersitzen und mit ihr Filme ansehen, ihren Fragen und Blicken ausgesetzt. Sie konnte bohren und nicht aufgeben, wenn sie etwas neugierig machte. Ja, regelrecht aufdringlich konnte sie manchmal sein. Unerträglich fast.
Jetzt zurück in die Höhle zu kriechen, die Wärme der Behausung zu genießen, sich in Kissen und Behaglichkeit einzunisten, sich abzulenken mit irgendeinem Streifen oder oberflächlichem TV-Programm, seiner Mutter Tee zu kochen und Ausflüchte oder Lügen zu erfinden wegen ihrer Fragen, das kam nicht in Frage.
Er würde erst wieder zurückkehren, wenn er diese Sache hinter sich gebracht hatte, so oder so.

Mit der Dämmerung brach eine Müdigkeit und Erschöpfung über ihn herein, die ihn nachdenklich stimmte. All die Gespräche und das Suchen von Zeugen hatte bis jetzt nichts ergeben, resümierte er frustriert.

Irgendwo auf der Strecke mietete er sich in einem Bed & Breakfast ein, telefonierte mit Rose und bat sie, kurz hinüberzugehen und nach seiner Mum zu sehen. Sie rief nicht zurück, was bedeutete, dass mit seiner Mum alles in Ordnung war.

Er verdrückte die Sandwiches, die ihm die Dame des Hauses freundlicherweise zubereitet hatte, trank auch die Tasse Tee, die sie mitservierte und verzog das Gesicht von diesem "faden Gesöff".

Anschließend legte er sich angezogen aufs Bett, um nachzudenken und schlief ein.

Er erwachte erst wieder mit dem ersten Tageslicht, duschte nicht, wusch sich nicht einmal, bekam ein klassisches irisches Frühstück serviert und setzte bald danach seine Tour fort.

Wieder konnte sich niemand an den Mann auf dem Foto erinnern, nirgendwo. Wieder ließ er jedes Mal das Foto da und heftete seine Visitenkarte daran.

In Treantaboy, zwischen Ballyboffey und Letterkenny, tankte er und stellte seine Fragen, spulte sie schon wie einen Jingle ab. Doch nichts! Niemand erkannte auch hier den Mann.

Anschließend trank er nebenan, im Road Side Diner, ein paar Tassen Kaffee, befragte das anwesende Personal, wiederum erfolglos, und saß lange an einem Fenstertisch sinnierend über der Straßenkarte, bevor er weiterfuhr.

Am späten Nachmittag bog er in Burnfoot nach Inishowen ab.

Hier, auf der Halbinsel, musste er vorsichtig sein. Das war sozusagen Feindesland. Deirdres Onkel lebte hier. Es konnte gut sein, dass sich jemand in einem Take-Away an ihn erinnerte. Erst recht an den Tankstellen. Cameron begab sich auf dünnes Eis. Wenn dies hier herauskam, könnten die Konsequenzen sein Leben drastisch verändern.

Doch er wollte es noch immer in Kauf nehmen. Das war er Deirdre schuldig.

Und auch seinem Jungen.

Wieso seinem Jungen, fragte er sich, was hatte Liam damit zu tun? Warum dachte er, seit er diesen Fall angenommen hatte, unentwegt an seinen Jungen? Empfand er eine Schuld ihm gegenüber? Oder gegenüber Gott?

Sieh auf IHN, nur auf IHN, würde seine Mum sagen.

So wie damals, als er vor Trauer um seinen Jungen fast den Verstand verloren hatte. Er hatte es versucht und war gescheitert. Aber hatte er es wirklich versucht, mit allem, mit ganzer Kraft?

War es nicht doch so, dass er sich abgewendet hatte vom Glauben, den ihn seine Mum und sein Dad von frühester Kindheit an gelehrt hatten? Hatte er sich nicht genau da von Gott abgewandt, als sein Sohn in diesem schrecklichen Meer ertrunken war?

Wo war Gott, als mein Junge im Meer ertrunken ist!, hatte Cameron seine Mum damals angebrüllt.

Ich weiß nicht, wo er war, Junge, seine Wege sind unergründlich.

Das erzählt man kleinen Kindern, Mum, du meinst also, er war vielleicht in diesem Moment gerade im Vatikan mit Geldzählen beschäftigt.

Seine Mum war rot angelaufen. Junge, du versündigst dich!

Nein, Gott hat sich versündigt, als er meinen Jungen nicht beschützte, er hat sich von uns abgewandt!

Shane, um Gottes Willen, schweig endlich, er ist dein GOTT!

Sie hatte schwer geatmet.

Gott fährt Schlitten mit uns!, hatte er geknurrt.

Nein, Junge, das tun wir selbst, erwiderte sie, er zeigt uns einen Weg, ob wir ihn gehen, liegt ganz allein bei uns.

Blödsinn, ein fünfzehnjähriger Junge hat vielleicht noch keine Wahl sich zu entscheiden, er folgt seiner Veranlagung, seinen inneren Gesetzen.

Vielleicht wollte Gott Liam vor Schlimmerem beschützen, hatte sie zu beschwichtigen versucht.

Vielleicht kann er mich mal mit seinen Plänen!

Sie hatte ihm daraufhin hastig die Hand auf den Mund gelegt, ihn verzweifelt und kopfschüttelnd angestarrt und ihm mit Blicken klargemacht, dass er nun endlich schweigen solle.

Aber Cameron hatte sich schon abgewendet, wollte von Gott und vom Glauben nichts mehr wissen. Hatte sich in gewisser Weise auch vom Leben und den Menschen abgewendet. Er funktionierte nur noch.

Die Toten waren ihm lieber geworden als die Lebenden.

Den Getöteten Gerechtigkeit und Frieden zu verschaffen, indem er die Täter dingfest machte und sie ihrer Strafe zuführte, das hielt ihn am Leben. Und natürlich das Leben selbst. Es wegzuwerfen, hätte er seiner Mum niemals angetan. Dafür liebte er sie viel zu sehr. Er hielt Menschen, die so etwas ihren Lieben antaten, für selbstgerecht und lieblos, auch wenn ihre Verzweiflung groß und verständlich war.

SCHLUSS damit! Sich laut räuspernd wischte er all diese Gedanken von sich und versuchte, sich wieder ins Hier und Jetzt zurückzurufen. Denn jetzt *musste* er handeln. Jetzt galt es, alles in die Waagschale zu werfen und nicht an sich selbst zu denken.

Auch auf dem Weg nach Middletown ließ er überall Fotos und Visitenkarten zurück und wurde manchmal auf eine Art angestarrt, dass ihm unwohl wurde. Einige meinten vage, den Mann auf dem Foto zu erkennen, konnten sich jedoch nicht erinnern, ob sie ihn in jener Nacht gesehen hatten.

Wenn jemand unter den Befragten Deirdres Onkel kannte und warnen sollte, überlegte Cameron, konnte es unter Umständen recht schnell gehen, dass er mit seinen unerlaubten Ermittlungen aufflog und in ernsthafte Schwierigkeiten geriet.

Am Abend erreichte er Port Ronan.

Cameron fuhr den schmalen Stich zum Pier hinab und hielt vor dem Cottage. Er hatte noch immer den Schlüssel. Im Haus brannten keine Lichter. Er ging davon aus, dass sich niemand nach ihm einquartiert hatte. Niemand wusste, dass er hier war. Und so sollte es auch bleiben.

Er kochte Kaffee und verspeiste die Sandwiches, die er sich in Malin gekauft hatte. Die Whiskey-Flaschen standen noch immer auf der Kommode. Er war versucht, sich einen einzuschenken. Doch er ließ die Flaschen verschlossen und setzte sich stattdessen mit einer Tasse Kaffee in den Erker-Sessel.

Nicht ganz dasselbe, dachte er.

So saß er stundenlang im Dunkeln und starrte grübelnd aufs Meer, über dem ein trüber, schmutziggelber Mond blass schimmerte.

Die Dunkelheit hüllte ihn ein, war ihm willkommen. Sie war eine Art Schutz und Geborgenheit. Bis er irgendwann einschlief. Mitten in der Nacht erwachte er frierend und mit schmerzenden Gelenken, schlurfte ins Schlafzimmer, legte sich mit Klamotten und Schuhen aufs Bett und schlief weiter.

Erst das Klingeln seines Telefons weckte ihn. Erschrocken fuhr er auf und griff hastig danach.

Schlaftrunken nahm er den Anruf entgegen.

Junge, rief seine Mum ins Telefon, der Superintendent war gerade hier!

Bei uns Zuhause?, hustete Cameron.

Aber ja, gerade eben.

Was wollte er denn?

Mit dir sprechen, Junge. Was ist passiert? Was hast du angestellt?

Nichts, Mum, alles gut, ich ruf ihn an, dank dir, Mum.

Junge?

Mach dir keine Sorgen, Mum, ist bestimmt nur 'ne Formalität wegen des Donegal-Falles.

Und deshalb sucht er dich Zuhause auf?

Mach dir keine Sorgen, Mum, wiederholte er, ich klär das ab. Hab 'nen schönen Tag.

Er legte auf und hoffte, dass sie sich damit zufrieden geben und nicht noch einmal anrufen würde.

Das Telefon blieb still. Erleichtert ging er in die Küche und kochte Kaffee, den er in kleinen Schlucken trank. Sein Chef konnte warten, dachte er, er würde sich erst morgen bei ihm melden.

Plötzlich klingelte es erneut. "Superint" stand auf dem Display.

Cameron ließ es lange läuten und hob widerwillig ab. Der Superintendent begrüßte ihn knapp und wollte wissen, ob er für die morgige Anhörung bereit sei.

Morgen?, fragte Cameron verblüfft.

Haben Sie denn Ihre Post nicht geöffnet, Cameron? Wo sind Sie überhaupt?

Cameron stotterte verdutzt: Nein ... äh ... ich bin ... unterwegs.

Dann schauen Sie mal, dass Sie morgen um 15.00 Uhr hier sind, am besten gewaschen und gebügelt. Haben Sie verstanden, Cameron?

Klar, Chef!

Und hüten Sie morgen Ihre Zunge, es geht um etwas für Sie. Seien Sie vorbereitet. Klar, Cameron!

Cameron schwieg.

Cameron?

Ja, Chef, alles klar.

Gut, schloss der Superintendent, ich zähle auf Sie, und jetzt bewegen Sie Ihren Arsch hierher, wo auch immer Sie sich gerade rumtreiben.

Ist gut, Chef.

Cameron ging fluchend in die Küche, spülte den Mund mit Wasser aus, rubbelte mit dem Zeigefinger über die Zähne, griff nach seiner Jacke, setzte sich die Baseballmütze auf und zog zähneknirschend die Türe hinter sich ins Schloss.

Verdammt!, knurrte er.

Auf dem Weg zurück nach Sligo nahm er sich vor, dieselbe Befragungs-Tour auch in die entgegengesetzte Richtung zu unternehmen. Also von Middletown auf Inishowen nach Westport, von Nord nach Süd. Wer wusste schon, ob Brian nicht doch auf dem Rückweg irgendwo unterwegs getankt hatte. Dass er nach dem Tod Deirdres irgendwo gegessen hatte, bezweifelte Cameron allerdings noch immer. Wenn er gehalten haben sollte, dann wahrscheinlich nur, um zu tanken.

Zurück in Sligo fuhr Cameron nicht nach Hause, sondern nahm sich ein Hotelzimmer. Er verbrachte den Abend an der Hotelbar, bei schwarzem Kaffee, Kartoffelchips und gesalzenen Nüssen. Wieder hing er grübelnd über der Straßenkarte. Später kaufte er sich eine Flasche Selters und ging kurz vor Mitternacht auf sein Zimmer.

Am nächsten Tag vertrieb er sich die Zeit damit, die Temple Street auf und ab zu wandern, machte dasselbe in der Circular Road, und schlenderte eine Stunde lang durch Dunnes Stores. Später saß er im Park des Summerhill Colleges und las Haikus.

Zuletzt speiste er ein wenig in einem schmucken, etwas überteuerten Café in der Chapel Street, ganz in der Nähe des Präsidiums, und machte sich dann auf den Weg zu seiner Anhörung.

Unmittelbar nach der Begrüßung hatte er die Namen und Dienstränge der anwesenden Personen schon wieder vergessen. Es erschien ihm, als rauschten die Fragen an ihm vorbei. Er hörte sich zwar antworten, aber war sich im Moment des Antwortens nicht sicher, ob er selbst sprach oder irgendjemand, der in ihm hockte und anstatt seiner auf die Fragen antwortete.
Sein Kopf war wie in Watte gepackt. In den Ohren hörte er ein leises Rauschen. Ihm war leicht schwindelig.
Zuletzt bestritt er, den Mann mit dem Kopf gegen das Boot geschleudert zu haben.

Man würde alles noch einmal eingehend prüfen und ihm dann die schriftliche Mitteilung zukommen lassen. So lange würde er suspendiert bleiben. Der Superintendent nahm Cameron beiseite und meinte, dass er sich für ihn einsetzen werde, das wisse er hoffentlich. Cameron bedankte sich und verließ das Präsidium.
Wenige Minuten später schon fuhr er wieder zurück in den Norden, nach Donegal.
Er wollte gleich wieder nach Inishowen und am nächsten Morgen mit der Suche nach Zeugen von Norden nach Süden zu beginnen. Die erneute stundenlange Fahrt schreckte ihn zwar ab, doch wenn er jetzt aufgab, würde er es sich nicht verzeihen.

Nach einer strapaziösen Fahrt erreichte er am späten Abend Inishowen.
In Malin wollte er sich im Take-Away-Restaurant etwas zu Essen kaufen, doch er entdeckte Ranjana durch die Fensterfront hinter der Theke und fuhr daher zum kleinen Ein-

kaufsladen. Dort besorgte er sich Toast, Schinken, Käse und eine Dose Erbsen. Im Cottage wärmte er sich die Erbsen auf und trank gut und gerne einen halben Liter Kaffee dazu.

Als er seine Mum anrief und ihr sagte, dass er noch einmal nach Donegal habe fahren müssen, verkniff sie sich offenbar die Bemerkung, er solle nicht so viel trinken. Sie wünschte ihm viel Erfolg und betonte nur, dass er auf sich aufpassen solle.

Das hatte er seinem Jungen auch immer auf den Weg mitgegeben, dies "Pass auf dich auf".

Vielleicht beruhigte man sich damit nur selbst, befand er und lächelte traurig. Denn wer konnte schon auf sich selbst aufpassen. Man geriet in einen Amoklauf, wurde am Straßenrand überfahren, ein Lastwagen rollte auf einen zu, weil der Fahrer kurz eingenickt war, wurde zufällig Opfer eines Bombenattentates, oder geriet auf hoher See in einen Sturm und konnte nichts dagegen tun.

Er ließ den Whiskey auf der Kommode unberührt und ließ auch die Fotos in seiner Tasche stecken.

Eine halbe Ewigkeit saß er grübelnd in der Dunkelheit und legte sich irgendwann angezogen aufs Bett. Er wusste nicht, wie lange er geschlafen hatte, als er vom Klingeln seines Telefons aufschreckte und beim Greifen danach die Tischlampe vom Nachttisch stieß.

Ein Mann namens Ryan Walsh meldete sich.

Cameron schwang die Beine aus dem Bett, stützte sich mit den Ellbogen auf die Knie, hielt die Augen geschlossen und fragte schläfrig, worum es ging.

Ich habe den Mann auf dem Foto erkannt, sagte Ryan Walsh.

Cameron war schlagartig wach: Wann ... wo?

Ich arbeite an der Top Oil Tankstelle in Treantaboy, erklärte Walsh.

Treantaboy?

Ja, ist zwischen Ballyboffey und Letterkenny an der N13.

Cameron erinnerte sich vage, dort gewesen zu sein. Es dämmerte ihm allmählich. Hatte er nicht nebenan, im Road Side Diner, etwas gegessen oder Kaffee getrunken?

Wann haben Sie den Mann dort gesehen?, fragte Cameron nervös.

Muss im September gewesen sein.

Wann im September? Versuchen Sie sich zu erinnern.

Gleich am Anfang ... vielleicht, bemerkte Walsh.

Haben Sie keinen Dienstplan?, bohrte Cameron.

Doch, einen Moment.

Cameron wartete voller Ungeduld, spürte den Puls gegen die Schläfe hämmern und das Blut in seinen Ohren rauschen.

Hören Sie, sagte Walsh.

Ja?

Es war in der ersten Septemberwoche, ich hatte in dieser Woche Nachtschicht.

Verdammt!, zischte Cameron.

Bitte?

Nichts, alles gut, sagte Cameron, sind Sie ganz sicher?

Aber ja, ich erinnere mich wieder, es muss gegen 22.00 oder 22.30 Uhr gewesen sein, es war schon ziemlich lange dunkel ... vielleicht war es auch schon so 23.00 Uhr.

Weshalb erinnern Sie sich an den Mann?, forschte Cameron.

Der Typ hatte sich zwei Dosen Bier gekauft, zahlte mit 'nem 50 Euro Schein und war plötzlich verschwunden, als ich ihm sein Restgeld geben wollte ... immerhin über vierzig Euro. Ich bin ihm hinterher, aber er saß schon im Wagen und raste los.

Was für ein Wagen?

Weiß ich nicht, hab nur noch die Rücklichter gesehen ... dunkel war er.

Deirdres Onkel fuhr einen dunklen Wagen, sagte sich Cameron.
Und dann?

Hab das Geld vier Wochen auf die Seite gelegt, berichtete Walsh, aber er kam nicht wieder, hat auch nicht angerufen. Hab das Geld in unsere Kaffeekasse geworfen. Ist das verboten?
Was? Nein. Und Sie sind ganz sicher, dass es dieser Mann war?
Na klar, hab ihn auf dem Foto, das im Aufenthaltsraum hängt, gleich erkannt. Hören Sie, gibts dafür 'ne Belohnung?
Leider nicht, tut mir leid, doch Sie haben der Polizei sehr geholfen, ich danke Ihnen!
Schon gut, meinte Walsh, das ist doch schon mal was. Jeden Tag eine gute Tat, ist es nicht so.
Ja, ja, meinte Cameron abwesend, so ist es.

Cameron legte auf und brüllte: Dieser Schweinehund! Ich habs gewusst, er war es, er war dort, er hat sie umgebracht! Dieser Schweinehund ... die eigene Nichte! Ich mach ihn fertig!
Er schlug mit der Faust auf den Tisch und brüllte noch lauter: Verdammter Dreckskerl! Ich mach dich fertig, ich krieg dich, du verfluchter Mistkerl!
Dabei warf er einen Stuhl um und kickte ihn polternd von sich. Er folgte dem Stuhl und trat noch einmal mit voller Wucht von oben auf ihn ein, sodass zwei Stuhlbeine laut krachend zerbrachen.
Erst jetzt kam er wieder zu sich, verebbte allmählich seine rasende Wut.

Cameron ging die ganze Nacht umher oder saß im Erker und starrte in die Dunkelheit.
Er brühte eine Tasse Kaffee nach der anderen auf und wurde immer unruhiger.

Gegen 3.00 Uhr morgens war er versucht, eine Flasche Whiskey zu öffnen und sich einen oder zwei zu genehmigen. Doch er wollte nüchtern bleiben, es reichte schon, dass er keinen Schlaf hatte. In ein paar Stunden wollte er Deirdres Onkel mit der Zeugenaussage konfrontieren. Nicht einmal der Hauch eines Whiskeys durfte an ihm kleben.

Gegen halb acht morgens zog er Jacke und Baseballmütze an.

Er raste davon und ihm fiel ein, dass er den kaputten Stuhl einfach so liegengelassen hatte.

Was solls, sagte er sich, man würde sich schon bei ihm melden, dann konnte er den Stuhl noch immer ersetzen. Jetzt musste er nach Culdaff ohne Zeit zu verlieren. Diese Zeugenaussage wollte er Deirdres Onkel um die Ohren hauen.

Cameron würde ihn mit seinen eigenen Scheußlichkeiten konfrontieren, mit seiner ganzen Verderbtheit, mit allem Dreck und Unrat, den er angehäuft hatte – mit seiner Schuld.

Er stellte sich vor, wie Deirdres Onkel bei der Beisetzung seiner Nichte dabeigestanden hatte. Wie er Deirdres Vater, seinen eigenen Bruder, umarmt hatte, und dessen Söhne, seine Neffen.

Vielleicht hatte er auch geweint? Vielleicht kein Wort herausgebracht? Vielleicht war ihm auch seine Schuld in die Glieder gefahren, sodass er sich vor lauter Scham erstarrte? Oder ihm war kotzübel geworden und er musste sich hinter der Kapelle übergeben?

Mag sein, er hatte bedauert und bereut, vielleicht sogar tiefe Scham empfunden, doch er musste für seine Tat büßen.

Cameron war eben an Deirdres Schule vorbeigefahren und fragte sich, was passierte, wenn ihr Onkel einfach alles abstreiten würde. Wenn er leugnete, an der Tankstelle gewesen zu sein.

Die Aufzeichnungen der Kamera waren natürlich längst gelöscht.

Eine Gegenüberstellung?

Er würde dennoch leugnen, das war sicher.

Sein Anwalt würde behaupten, dass es sich um eine Verwechslung handle. Solange es keine Kameraaufzeichnung gab, konnte man ihm gar nichts nachweisen. Ein Zeuge konnte sich irren. Nicht wenige Menschen bezeugten etwas, was sie gar nicht oder nur sehr vage gesehen hatten. Sie buhlten um Anerkennung und Aufmerksamkeit, um ein wenig Bedeutung.

Cameron hasste diese Wichtigtuer, die mit ihren Falschaussagen die Polizeiarbeit behinderten. Gleichzeitig taten sie ihm leid, diese armen Schweine, die sich auf diese Weise ihre fünf Minuten Ruhm verschaffen wollten.

Also, was sollte er nun tun mit dieser Zeugenaussage?, besann er sich wieder.

Letztlich würde er nichts mit ihr anfangen können. Jeder Anwalt würde sie in der Luft zerreißen. Er kannte keinen Richter, der sich auf eine solche Zeugenaussage stützte.

Verdammter Mist!, fluchte er und schlug aufs Lenkrad. Verdammt!

So bekam er den Dreckskerl nicht. Aber wie, wie sollte er ihn überführen? Womit?

Alles schien aussichtslos.

Hinter der nächsten Biegung tauchte Malin auf.

Das kleine Städtchen lag friedlich da, eingebettet in weite Wiesen und Felder. Endlose, holprige Flächen aus Grün und Braun. Sanfte Hügel am Horizont. Und über allem heute sogar ein ruhiger, unbeweglicher, lichtgrauer Herbsthimmel.

In einer Mischung aus Wut, Verzweiflung, Hass und Traurigkeit fuhr er auf die Brücke zu, hinter der das Städtchen lag.

Cul De Sac

Cameron fuhr viel zu schnell auf die Brücke.

Von der anderen Seite kam ihm wieder ein Traktor entgegen. Und schon wieder war es derselbe Traktor. Und abermals saß Deirdres Vater hinter dem Steuer. Diesmal jedoch setzte der Traktor zurück und fuhr auf die Zufahrt zu einem Grundstück, um ihn vorbei zu lassen.

In diesem Moment traf Cameron eine folgenschwere Entscheidung.

Er fuhr dem Traktor hinterher, stellte sich mit seinem Wagen quer vor ihn, stoppte den Motor und stieg aus. Er gab Deirdres Vater zu verstehen, dass er den Motor ausschalten und heruntersteigen solle. Der Mann starrte ihn gereizt an, drehte den Zündschlüssel herum und kletterte widerwillig aus dem Führerhäuschen.

Ich muss mit Ihnen reden, Aidan, sagte Cameron.

Was gibt es noch?, fragte Deirdres Vater grimmig.

Ich möchte Sie auf den neuesten Stand der Ermittlung bringen.

Deirdres Vater hob die Augenbrauen und erkundigte sich, ob Cameron das überhaupt dürfe.

Ich wende mich nicht als Inspektor, sondern als Vater an Sie.

Aidan nickte halbherzig.

Was ich Ihnen jetzt sage, wird in keinem Protokoll erscheinen, begann Cameron, ich werde unser Gespräch auch abstreiten, wenn Sie sich darauf berufen sollten. Dieses Gespräch hat nie stattgefunden! Verstehen Sie, Aidan?

Aidan blickte um sich, so als könnte jemand zuhören, und nickte.

Ich habe Ihren Bruder in Verdacht, Deirdre sexuell miss-braucht zu haben, vielleicht sogar über einen längeren Zeit-raum, erklärte Cameron, und ich bin davon überzeugt, dass er auch für ihren Tod verantwortlich ist.

Aidans Gesicht erstarrte zu einer Grimasse. Er machte einen Schritt auf Cameron zu.

Bleiben Sie ruhig, Aidan, warnte Cameron.

Wie kommen Sie auf eine solch widerwärtige Anschuldi-gung?, flüsterte Deirdres Vater hasserfüllt.

Es gibt einen begründeten Verdacht gegen Brian, betonte Cameron, und sogar einen Zeugen, der ihn in jener Nacht an einer Tankstelle kurz vor Letterkenny gesehen hatte, ob-wohl er vorgab, bei einem Seminar in Westport gewesen zu sein. Leider reicht das nicht aus, um ihn zu überführen.

Sie sind ein verdammter Lügner, Cameron, zischte Aidan, ich glaube Ihnen kein Wort, Sie Mistkerl.

Das kann ich sehr gut nachvollziehen, entgegnete Cameron, die Anschuldigungen sind gewaltig, aber ich halte sie für gerechtfertigt. Sofern mir der Fall nicht entzogen wird, wer-de ich alles daran setzen, Ihren Bruder dranzukriegen.

Sie sind ein verdammter Lügner, wiederholte Aidan.

Leben Sie wohl, sagte Cameron, ich war es Ihnen schuldig ... und Deirdre, dass Sie die Wahrheit erfahren.

Die Wahrheit, rief Aidan, IHRE Wahrheit!

Fast hätte Cameron hinzugefügt, dass er seinen, Aidans, Schmerz kenne. Aber er kannte ihn nicht. Nichts kannte er. Er kannte nur den eigenen Schmerz, den eigenen Verlust, den eigenen Hass. Doch vielleicht litt Aidan gar nicht. Na-türlich litt er, rief Cameron sich zur Vernunft, ein Vater musste (und war er noch so ein Scheißkerl) am Tod des ei-genen Kindes leiden.

Leben Sie wohl, sagte er noch einmal, wendete sich ab und ließ den Mann stehen. Cameron eilte zu seinem Wagen und raste in südlicher Richtung davon.

Er wollte die Halbinsel so schnell wie möglich verlassen. Wollte das alles hinter sich lassen, und wusste doch nur zu gut, dass genau jetzt *alles* über ihm einstürzen konnte.

Was um alles in der Welt hatte er getan?

Am Hochkreuz drehte es ihm den Magen um. Er bremste und hielt auf einem Grünstreifen, riss die Türe auf, beugte sich hinaus und erbrach sich ins Gras.

Nun hatte er die rote Linie endgültig überschritten, sagte er sich und würgte alles hervor.

Daraus würden sie ihm einen Strick drehen. Erst recht, wenn Deirdres Vater jetzt handelte, wenn es zum Streit oder gar zu einer Eskalation zwischen den beiden Brüdern kommen würde.

Aber hatte er nicht genau das gewollt, Brian ans Messer zu liefern. Ihn irgendeiner Strafe zuzuführen. Auch wenn es durch die Hand des eigenen Bruders geschah.

Er wischte sich mit dem Ärmel über den Mund, schlug die Türe wieder zu und legte den Gang ein.

Hinter Carndonagh bog er auf die R244 nach Buncrana ab und fuhr an dem kleinen Lough Fad vorbei, der wie ein Jadestein schimmerte.

Kurz vor Buncrana tankte er den Wagen voll und entdeckte in der Tankstelle eine Kopie des Brian-Fotos, das er hier jedoch nicht einmal ausgelegt hatte. Er riss es von der Wand und steckte es ein. Schweiß brach ihm aus den Poren. Er bezahlte und stürzte hinaus.

Als er am späten Nachmittag Sligo erreichte, lag Gallows Hill schon im leichten Dämmerlicht. Der Feierabendverkehr schob sich zäh die Straße entlang.

Vor Rose Kellys Haus fuhr er auf einen freien Parkplatz. Rose stand gerade an ihrem Küchenfenster und winkte ihm zu. Sie gab ihm mit einer Geste zu verstehen, dass drüben bei seiner Mum alles bestens sei. Er bedankte sich ebenfalls

per Handzeichen, schloss die Haustüre auf und stellte die Reisetasche auf die Treppe, die zu ihm nach oben führte.
Er rief nach seiner Mum und betrat das schwach beleuchtete Wohnzimmer.

Sie kauerte in ihrem Sessel, eine Tasse Tee neben sich, und starrte vor sich hin. Offenbar hatte sie ihn nicht rufen hören. Er trat leise zu ihr und wartete, bis sie auf ihn aufmerksam wurde.
Doch ihr Blick blieb starr geradeaus gerichtet. Sie nahm ihn nicht einmal wahr, als er unmittelbar neben ihr stand. Sie atmete flach, mit einem leichten Pfeifton in ihrer Brust. Ihr Haar duftete nicht mehr nach Passionsblüte, es klebte verschwitzt an Stirn und Kopf. Auf ihrem Pullover gab es frische Teeflecken. Ihr Anblick fuhr ihm durch Mark und Bein.

Du wirst sie verlieren, sagte die Stimme in seinem Kopf und sein Magen verkrampfte sich.
Sanft legte er seine Hand auf ihre Schulter. Sie erwachte wie aus einem Dämmerzustand, schaute ihn erstaunt, aber lächelnd an.
Junge, du bist da, wie schön, flüsterte sie.
Ja, Mum, lächelte er zurück, jetzt bin ich da.
Sie erhob sich mühsam und drückte ihn an sich. Er erwiderte ihre Umarmung innig, was er sonst nie tat. Sonst ließ er es eher geschehen, gelegentlich auch über sich ergehen, aber jetzt umarmte er seine Mutter innig.

Du musst hungrig sein, Junge, bemerkte sie.
Und wie, Mum.
Ich mach dir etwas zu essen. Aber Junge ...
Ja?
Du musst duschen gehen, solange ich koche, so kommst du mir nicht an den Küchentisch.
Cameron lachte: Ist gut, Mum.

Er küsste ihre Wange, ging nach oben und duschte lange, grübelnd und sorgenvoll.

Erst seine Mum riss ihn aus den Gedanken, als sie heraufrief, dass das Essen fertig sei.
Duftende Pancakes stapelten sich auf einem großen Teller mitten auf dem Esstisch. Daneben: Honig, Zucker und Zitronensaft. Cameron setzte sich hastig, streute reichlich Zucker und Zitronensaft auf den ersten Pfannkuchen, rollte ihn zusammen und biss herzhaft hinein.
Ich platze gleich, Mum, sagte er, nachdem er jede Menge von den dicken runden Dingern verdrückt hatte. Er wischte sich die fettigen Finger an der Jogginghose ab.

Dann hör mal lieber auf, bevor ich dich samt Pancakes von den Wänden kratzen muss, grinste sie.
Mum, ich denke, du liest zu viele Krimis, deine Fantasie geht mit dir durch.
Sie ging nicht darauf ein, sagte nur: Wenn du fertig bist, räum bitte das Geschirr in die Spülmaschine, Junge, und dann setz dich zu mir, ich habe eine Überraschung für dich.
Cameron schaute lächelnd auf. Worum geht es, Mum?
Rose hat mir eine DVD ausgeliehen.
So?

Ich brenne schon die ganze Zeit darauf, dir den Film zu zeigen. Siehst du ihn dir mit mir an?
Aber ja, Mum, entgegnete Cameron, glücklich darüber, Zuhause zu sein, mit vollem Magen, und irgendwie auch mit einem Gefühl der Geborgenheit in der Nähe seiner Mum, selbst wenn ihm das ein wenig lächerlich vorkam.
Schön, Junge, dann räum das Geschirr weg und bring die Kekse mit.
Sie kuschelte sich in ihren Fernsehsessel und wartete, bis Cameron mit den Keksen aus der Küche kam und es sich erwartungsvoll auf dem Sofa bequem machte.

Film ab, Mum, bin gespannt, lächelte er.

Sie nahm die Fernbedienung und startete den Film. Ein Schwarz-Weiß-Bild erschien, und zu den antiquierten Geigen-Tönen der Filmmusik wurde der Titel eingeblendet: "Der Zirkus".
Mum, was ist das, ein Schwarzweißschinken? Cameron richtete sich auf.
Sie schwieg lächelnd.
Dann erschien eine junge Frau auf dem Bildschirm, mitten in einer Manege, schwingend in Ringen unter einer Zirkuskuppel. Dazu sang eine ältere, dunkle Männerstimme eine Art Chanson.
Ein Stummfilm, Mum?, klagte Cameron enttäuscht, du weißt, ich mag die Dinger nicht!
Den wirst du lieben, Junge, versicherte seine Mutter.
Jesus, ächzte Cameron und griff nach einem Keks.

Charlie Chaplin, Mum!, rief Cameron aufgebracht, du weißt doch, dass ich diese ganzen Stummfilm-Fritzen nicht mag ... Buster Keaton, Harold Lloyd, Stan und Laurel ... all diese herum trampelnden Idioten!
Junge, halt einfach 'ne Weile die Klappe und schau zu, erwiderte seine Mum lächelnd, meinst du, du bekommst das hin ... tu mir den Gefallen. Schau ihn dir einfach an, ja?
Ist gut, Mum, aber nimms mir nicht übel, wenn ich einschlafen sollte, meinte Cameron und stopfte sich ein zusätzliches Kissen unter den Kopf.
Seine Mutter lächelte.

Am Ende des Films, als der ganze Zirkus, in Zirkuswagen verstaut, vom Platz fährt, und der Tramp (der den maroden Zirkus berühmt gemacht hatte) den davonfahrenden Wagen nachblickt, ohne auf den letzten Wagen aufzuspringen, sondern sich ganz alleine auf eine Requisitenkiste hockt und in Staub und Dreck ein zerrissenes Zirkusbanner entdeckt, es aufhebt und mit einem Anflug von Traurigkeit zerknüllt, saß Cameron kerzengerade da und fühlte derart mit diesem Mann, dass ihm ein tiefer Seufzer entfuhr und Tränen über sein Gesicht liefen.

Dann aber, als die Musik anhebt und auch der Tramp sich aufatmend erhebt, das zusammengeknüllte Banner in die Höhe wirft, mit der Hacke davon kickt, mit neuem Lebensmut auf Chaplin-Art davon watschelt, und mit einem durchrüttelnden Luftsprung, nach links und rechts Ausschau haltend, einem neuen Abenteuer entgegengeht, überkommt Cameron ein überwältigendes Glücksgefühl, und mit ihm eine Zuversicht, die schon an Trost grenzt, sodass er Charlie Chaplin in Gedanken für diesen wunderbaren Film von ganzem Herzen dankt.

Nun, Junge, fragte seine Mum, wie gefällt dir der Film?
Cameron schwieg lange, schluckte, und antwortete gerührt:
Ich finde ihn großartig, Mum, vielleicht hat Rose noch mehr davon?
Maureen lächelte triumphierend. Siehst du, betonte sie, ich habs dir doch gesagt!
Cameron erhob sich, küsste ihre Wange und wünschte ihr eine gute Nacht.
Was möchtest du morgen frühstücken, Junge?
Alles, nur keine Sandwiches, erwiderte Cameron.
Maureen blickte ihn einen Moment fragend an. Ist gut!, lächelte sie, schön, dass du wieder da bist, Junge.
Das finde ich auch, Mum, bis Morgen.

Drei Tage später erfuhr Cameron, dass Deirdres Vater seinen Bruder im Streit erschlagen hatte und in Untersuchungshaft saß.
Bei den Verhören hatte er zu Protokoll gegeben, dass Brian unter Schlägen gestanden hatte, Deirdre über einen langen Zeitraum sexuell missbraucht zu haben.

In der Nacht vom zweiten auf den dritten September sei sie bei einem Streit und dem folgenden Handgemenge über Bord der Seagull gestürzt. Sie war nach seinen Aussagen offenbar sofort untergegangen. Er hatte ihr nicht mehr helfen können. Aus Angst vor den Folgen habe er die Flucht ergriffen ohne die Küstenwache zu alarmieren.

Er war abends, gleich nach Seminarende, nach Inishowen gefahren, um Deirdre zu treffen, und hatte ihr in jener Nacht Beruhigungsmittel in den Wodka geschüttet, den er ihr zu trinken befohlen hatte. Aber sie hatte sich gesträubt und ihm gedroht, zur Polizei zu gehen.
Nach der Tat sei er sofort wieder nach Westport zu seinem Seminar zurückgefahren.
Nachdem Aidan all das zu Protokoll gegeben hatte, bat er um seine Verurteilung.
Seither schwieg er.

Die Schwester Aidans war mittlerweile aus Cork gekommen und versorgte die beiden Brüder Deirdres, bis das Jugendamt entschied, was mit ihnen geschehen sollte.
Die Mutter der beiden Jungs musste ausfindig gemacht und verständigt werden. So lange würde ihre Tante auf der Farm bleiben.
Cameron wusste, dass er für die jüngsten Geschehnisse verantwortlich war und verkroch sich Zuhause. Die Suspendierung kam ihm gerade recht.

Aidan hatte bis jetzt ihr letztes Gespräch nicht erwähnt.
Und auch sonst kein schlechtes Licht auf ihn, Cameron, geworfen.
Brians Anzeige gegen ihn wegen Körperverletzung wurde fallengelassen.
Wenn Deirdres Vater nicht doch noch schwere Vorwürfe gegen ihn erhob, sagte sich Cameron, konnte er mit einem blauen Auge aus dieser Sache davonkommen.

Die Schuld allerdings, die er auf sich geladen hatte, hing wie ein Damoklesschwert über ihm.

Definition von sexueller Gewalt gegen Kinder und Jugendliche

Sexuelle Gewalt ist jede sexuelle Handlung, die an Kindern und Jugendlichen gegen deren Willen vorgenommen wird oder der sie aufgrund körperlicher, seelischer, geistiger oder sprachlicher Unterlegenheit nicht wissentlich zustimmen können.

Bei unter 14-Jährigen ist grundsätzlich davon auszugehen, dass sie sexuellen Handlungen nicht zustimmen können – sie sind immer als sexuelle Gewalt zu werten, selbst wenn ein Kind damit einverstanden wäre.

Dazu gehört auch, ein Kind dazu aufzufordern, sexuelle Handlungen an sich – auch vor der Webcam – vorzunehmen.

(Unabhängiger Beauftragter für Fragen des sexuellen Kindesmissbrauchs)

Nachwort

Jedes 5. Kind in Europa wird Opfer sexueller Gewalt.

In Deutschland sind in über 90% der sexuellen Missbrauchsfälle die Täter den Opfern bekannt. Zwei Drittel davon finden in der Familie oder im sozialen Umfeld der Opfer statt.
Die wenigsten Fälle werden zur Anzeige gebracht.
Und nur etwa 1% davon landen vor Gericht.

Laut einer aktuellen Umfrage hierzulande können sich 80% der Befragten vorstellen, dass es zu sexuellem Missbrauch an Kindern in Familien komme. Dass es allerdings in der eigenen Familie geschehe, verneinten alle.

Eine weitere Statistik besagt, dass ein Kind, das Missbrauch an sich erlebt, in der Regel *acht* Mal hilfesuchend zu einem Erwachsenen kommt, bis ihm zugehört wird.

Solange wir Worte finden,
haben wir einen Weg.

ⵂ

Weitere Titel von Klaus Zeh